目次

浪人奉行　十三ノ巻

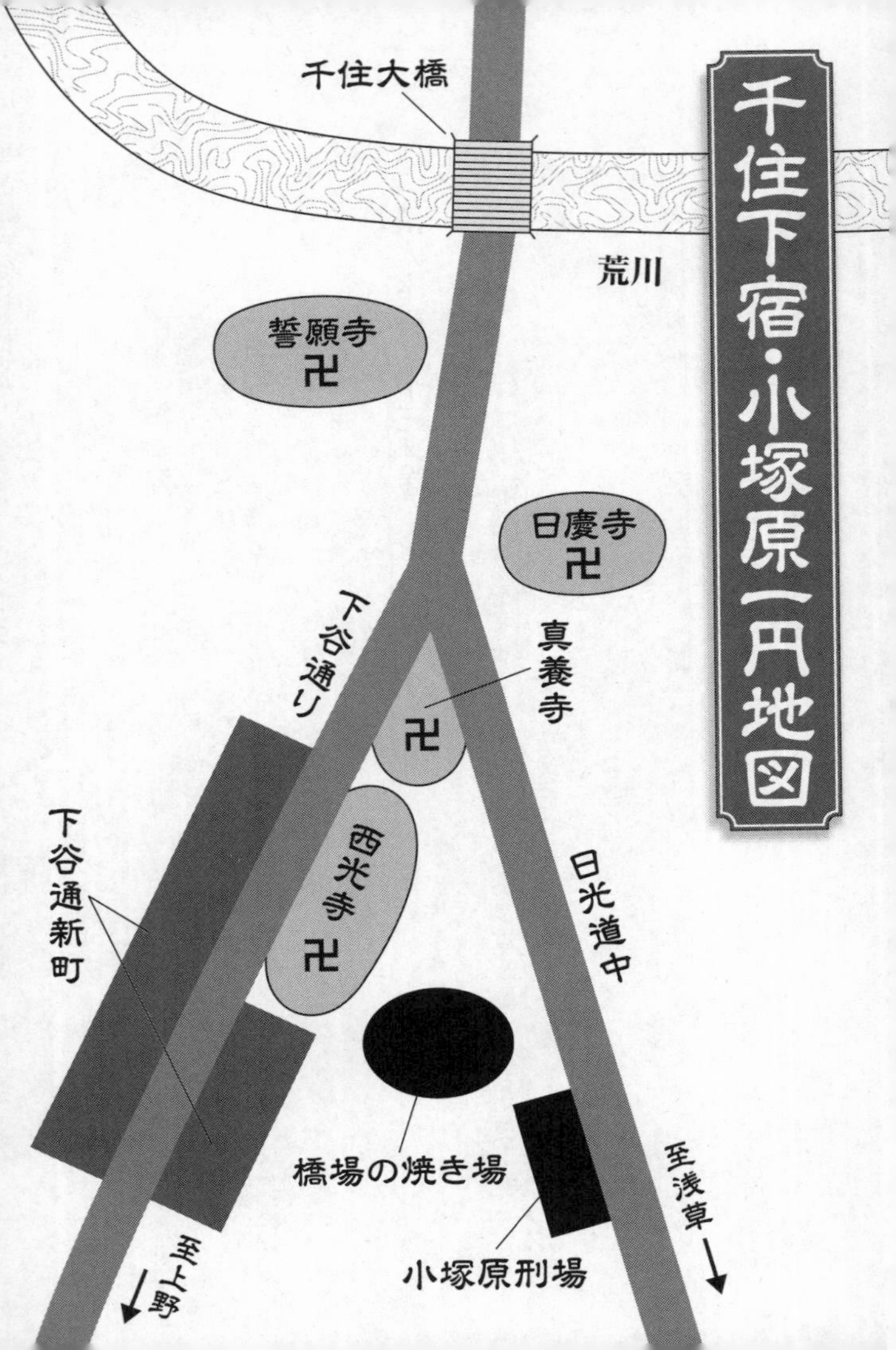

千住下宿・小塚原一円地図

千住大橋
荒川
誓願寺
日慶寺
下谷通り
真養寺
西光寺
日光道中
下谷通新町
橋場の焼き場
小塚原刑場
至浅草
至上野

ときは天明――。

諸国は飢饉により荒れていた。原因となったのは、天候不順による暖冬と旱魃、洪水、さらに岩木山と浅間山の噴火が挙げられる。

とくに東北地方は悲惨を極め、ひどい食糧危機に陥り、ときには人肉を食らい、あるいは草木に人肉を混ぜ犬の肉と称して売ったりするほどだった。

口減らしのための間引きや姥捨てはあとを絶たず、行き倒れたり餓死する者も珍しくなかった。飢餓に加え疫病まで蔓延し、わずか六年の間に九十二万人あまりの人口が減ったといわれる。

米をはじめとした物価は高騰の一途を辿り、江戸で千軒の米屋と八千軒の商家が襲われ、騒乱状態は三日間もつづくありさまだった。

これを機に、将軍家斉を補佐する老中筆頭の松平定信は改革に乗りだすも、その効果ははかばかしくなく、江戸には食い詰めた百姓や窮民が続々と流入し、治安悪化を招いた。

在方から町方に流れてくるのは、そんな輩だけではない。浮浪者、孤児、無宿の無頼漢、娼婦、やくざ、掏摸、かっぱらい、追いはぎ、強盗……等など。

幕府は取締りを強化し、流民対策を厳しく行ったが、町奉行所の目の届かぬ郊外では、宿場荒らしや、食い詰めた質の悪い百姓や無宿人、あるいは流れ博徒が跳梁跋扈し、無法地帯と化していた。

第一章　仄聞

一

　正円は麹町にある栖岸院の若い修行僧である。栖岸院は徳川家康の家臣・安藤重信が開基した名刹で、住職は将軍に単独で拝謁できる〝独礼の寺格〟を許され、安藤家をはじめとした多くの旗本諸家の香華寺として知られている。

　正円の生家は江戸の外れ青梅村にある光春寺だった。世が安泰であれば、光春寺もつつがない寺経営ができたのだが、飢饉のあおりを受けて檀家が減りつづけ、本堂の屋根は傾き、壁は崩れ、廃寺になりかけていた。

　そんなことがあり正円は、

――栖岸院で修行し、この寺を立て直すのだ。

という父の意向のもと、修行に出されているのだった。また、正円も実家を立て直すべく日夜修行に励んでいる。

その日は、住職の隆観に頼まれ、四谷にある大塚与三郎という旗本の屋敷へ使いに出ていた。使いは届け物で、中身が何であるかわからなかったが、大塚家の長男が長患いをしているので、おそらく護符だと推量していた。

とにかく使いを終えてほっと、ひと息ついた。そのまま寺に帰らなければならないが、陽気はいいし、風も気持ちいい。

正円は少しまわり道をして帰ることにした。大塚家のある武家地を抜け、お堀端に出てゆっくり道を辿った。夏の暑さはやわらぎ、堀端の土手には赤い彼岸花がちらほら見られた。

お堀は明るい日射しを受けてきらきら輝き、空に浮かぶ雲を映し取っていた。

四谷伝馬町に入ると目についた茶屋に立ち寄った。少しぐらい遅くなっても、お叱りは受けないと思ってのことだ。

正円が床几に座ると、すぐに店の女がやって来た。大年増の女で、茶を注文するが声が小さかったのか、なんですって、と耳に手をあてる。どうやら耳が遠いようだ。

「お茶です」

少し大きな声でいうと、煎茶か抹茶かと聞く。煎茶を頼むと応じ、台所に引き返す女を見た。ここでは抹茶も飲ませるのだと思った。なるほど、緋毛氈の敷かれた床几に座っている二人の客が抹茶を喫していた。

やがて茶が運ばれてくると、ゆったりした気持ちで空をあおぎ見ながら茶に口をつけた。そのとき、背後にいる二人の客の声が聞こえてきた。

二人は声をひそめているが、正円は耳がよい。気になったのは、二人が岩城升屋という商家の名を何度か口にしたからだった。

二人は升屋さんの客だろうかと思った。升屋の菩提寺は栖岸院で、主の九右衛門は住職の隆観と親密な仲だ。

また、正円は升屋九右衛門が訪ねてくる度に、菓子や饅頭の土産をいただくし、やさしく声をかけてもらっている。

茶を飲みながら、背後の会話が途切れ途切れに耳に入ってきた。やがてのんびり茶を飲んでいた正円の顔が強ばった。

「……手代を殺したのが……金を持っていった作蔵が……」

「千住に逃げていたのか……」

「そうじゃねえ。その手前の小塚原だ……」

「しッ、声がでけえよ」

そこで会話が途切れた。正円は後ろを振り返りたくなった。この男たちは升屋を襲った賊の仲間かもしれない。もしそうなら、大変なことだ。

しかし、そうだと決めつけるのは早いかもしれない。もっと話を聞こうと思ったが、背後の二人はさらに声を低めて話をつづけていた。もう正円も聞き取ることはできなかった。

正円は心の臓をドキドキ騒がせながら茶代六文を置いた。余裕があるなら心付けを加えて十文置きたいが、小遣いは雀の涙なのでしかたがない。

立ち去るときにちらりと二人の客を見た。その辺の町人のように見えた。長く見ると不審がられるのでそのまま立ち去ったが、心の臓は早鐘を打っていた。

升屋が賊に入られたのは、四年前のことだ。正円が栖岸院に入る前である。それでもその話は何度か聞いている。

升屋に入った賊は、奉公人七人を殺していた。二人の手代と入り立ての小僧を三人、そして住み込みの女中二人だ。そのとき賊は千両箱を盗んでいた。箱のなかに入っていたのは千両に満たない八百両だったらしいが、それでも大金である。

升屋の主・九右衛門は盗まれた金のことは愚痴(ぐち)らないが、罪もない奉公人たちを失ったことを悲しみ悼(いた)んでいる。そして、非道なことをした賊を恨んでもいる。

命を奪われた奉公人たちの遺骨はそれぞれの実家に戻されているが、九右衛門は栖岸院の墓地に供養塔(くようとう)を建てている。

(大変なことを聞いてしまったのかもしれない)

我知らず足が速くなり、四谷御門を抜けると小走りになって栖岸院に駆け込んだ。

本堂の前を掃除している先輩僧がいたので、何度か深呼吸をして声をかけた。

「お遣いご苦労様」

先輩僧はねぎらってくれた。

「あの、和尚様はどちらでしょう?」

「母屋(おもや)ではないかな。さっき御坊にいらっしゃったけど……」

正円はそのまま本堂脇をすり抜けて母屋に入った。和尚様、和尚様と声をかけると、

「正円かい。こっちにいるよ」

　奥座敷から声が返ってきた。

　隆観は芙蓉(ふよう)や百日紅(さるすべり)の花が咲いている庭に面した座敷で、茶を点(た)てているところだった。

「もう行ってきたかい。なんだね汗びっしょりではないか」

　隆観は茶筅(ちゃせん)を持ったまま正円を見た。

「あの、和尚様……」

　正円は固唾を呑み込んで言葉をついだ。

「大変なことを聞いたかもしれないのです。升屋に入った賊のことがわかるかもしれません。いえ、たしかなことを聞いていないので、はっきりそうだとはいえませんが……」

「なんだって……どういうことだい？」

　隆観の表情が引き締まった。

「よいからお話しなさい。そこに立っていないでこれへ」

　正円は隆観の前にいって座った。

「いったいどこでどんな話を聞いたのだね」

二

八雲兼四郎は自分の店「いろは屋」に入ると、簡単に掃除をして買い出しの支度にかかった。前垂れを外し、襷を取って床几に一度座り、ぐるりと店のなかに視線をめぐらす。

「ここがおれの城のはずなのだが……」

と、独りごち、またつぶやきを足した。

「さて、どっちがおれなのやら」

苦笑を漏らし「やれやれ」と、首を振った。

兼四郎はたしかに「いろは屋」の店主である。店をはじめるにあたって、刀は捨てると決めた。だが、そうはならなかった。

兼四郎の師である長尾道場の師範・長尾勘右衛門の墓が、近くの栖岸院にあり、その寺の住職・隆観に兼四郎の真の姿を見破られたのだ。それは墓参のときだった。

――そなたはただ者ではなかろう。刀を捨てるのはもったいない。

と、言われたのだ。

そのまま聞き流しておればよかったが、隆観と昵懇の仲である升屋九右衛門から、世間に迷惑をかけ、人の道に外れた悪行を重ねる非道の者を成敗してくれと頼まれた。

それも断ることができたのだが、行きがかり上断ることができなかった。挙げ句、隆観には「浪人奉行」などという勝手な役名をつけられてしまった。

（まあ、それはよい）

と、兼四郎は諦観している。

問題はどっちが真の自分なのかということだ。店では常連客に「大将」と親しみを込めて呼ばれる。悪党を成敗するときと違い、店での兼四郎は鷹揚で穏やか。とにかく物静かに人の話を聞く、人のよい飯屋の親爺だ。

兼四郎が裏の顔を持っていることを、客の誰ひとりとして知らない。いや、飯屋の店主が裏の顔か……。と、兼四郎は首をかしげる。

「ま、よい」

ぽんと膝をたたいて立ちあがり、どっちに転んでもおれはおれだと開き直った。

前垂れを外しながら掃除の終わった店を眺める。壁に品書きがある。

「めし　干物　酒」――。

それだけであるが、この頃は客の注文に応じられるように、刺身や煮物、あるいは煮魚を提供するようになっている。もっとも、それはたまにである。料理などしたことはなかったが、店をつづけているうちに少しずつ覚えたのだ。

壁には一輪挿しがあり、芙蓉の花が投げ込まれている。それも、寿々という常連の女客がやってくれることだった。

寿々は色っぽい大年増で、兼四郎を慕っている。できることなら親密な仲になりたいと思っている。その心底を兼四郎は理解しているが、うまくかわしつづけている。また、寿々もどこまで本気なのかわからない。思いを寄せることを楽しんでいるだけかもしれない。

されど、寿々は親切でやさしく情の厚い女だから、むげにできない大事な客だ。

麴町隼町にある店を出た兼四郎は、ぶらぶらと表通りに向かって歩く。手には買い物籠を提げている。籠のなかには、仕入れのために使う丼、空の一升徳利が三本、そして小鍋を入れている。

買い物はいたって簡単だが、この頃暇で身を持て余しているので、魚や野菜を買ってちょっとした料理を作ろうと考えていた。

麴町の表通りに出ると、道の両側に四谷御門まで大小の商家が列なっている。

人通りも多く、なかなか賑わっている。暑い夏も終わり過ごしやすくなったせいか、いつもより通りを歩く人が多い気がした。

兼四郎は魚屋や八百屋をのぞいたり、立ち止まって品定めをしたりして足を進める。どんな肴（さかな）料理を作るか決めていないので、その辺が迷うところである。

それでも牛蒡（ごぼう）と大根を買った。

（こりゃあ煮物かな……）

そう考えて、どんな煮物にしようかと考えるうちに酒屋まで来たので、空の徳利に酒を満たして表に出た。

「あ、これは、もしや」

驚いたような声がしたので振り返ると、そこに知った男が立っていた。

「やはりそうだ。八雲さんですね」

男は兼四郎を認めて、満面にぱあっとした笑みを浮かべた。小袖（こそで）に袴（はかま）を着け、大小を差している侍であった。

「や、そのほうは……」

兼四郎も目をみはった。

「波川十蔵。そうであるな」

「さようです。ご無沙汰をしております。いや、こんなところでお目にかかるとは思いもいたさぬことです。されど、お達者そうで何よりです」

十蔵はそう言ったあとで、兼四郎の提げている籠を見て怪訝な顔をした。牛蒡と大根が籠から突き出ている。

「お買い物でございますか。するとお住まいもこの近くで……」

「あ、いや……」

兼四郎はどう答えたらよいものか忙しく思案した。

「さては奥方に頼まれてのお使いでございますか。八雲さんはやさしいお方ですからね」

「いやいや十蔵、いろいろわけがあるのだ」

「わけは、わたしにもいろいろあります。八雲さん、お急ぎでしょうか。お急ぎでなかったら、どこかその辺で話しませんか。いや、もう懐かしいではございませんか。八雲さん、長くはお引き留めはしませせぬ故、どうかお付き合いいただけませんか」

　十蔵は笑みを浮かべて近づいてくる。

　人通りの多い場所で「八雲さん、八雲さん」と連呼されると、少々困る。兼四郎はこのあたりの町屋では、飯屋の主で通っているのだ。

　あたりを忙しく見まわしながらも、久しぶりに会った十蔵とこの場で別れるのは忍びない。近況を聞きたいと思う。

「十蔵、人通りではなんだ。ちょいとそこまで付き合え」

「喜んで。いやあ、お元気そうで何よりです。ずっと八雲さんにお会いしたいと思っていたのです。ときどき昔のことを思い出してもいました」

　十蔵はさも嬉しそうである。

　表通りから一本裏の道に入ると、そこに菓子屋があった。茶店を兼ねているので、その店に入った。ここなら人の目や耳を気にせずに話ができるという店だ。

　店の隅に座ると、早速茶を注文し、それから十蔵をあらためて見た。

「おぬしも元気そうで何よりだ」

　兼四郎は相好を崩していった。

三

「なにかわたしの顔についていますか？」

兼四郎は運ばれてきた湯呑みをつかんだまま、しばらく十蔵の顔を眺めていた。

「いや、懐かしいからだ。大人になったな」

兼四郎は懐かしさが一入募る思いで口を開いた。十蔵は長尾道場に入ってきたとき、まだ十五、六歳で体も小さくあどけない顔をしていた。しかし、いまは大人の顔になっており、骨格もしっかりしている。

「八雲さんに初めてお目にかかってからだと十年はたっているのです」

「するとおぬしは二十五になったか……」

「二十六です。いやいや、長尾道場ではいろいろとご指導いただきありがとうございました。道場が潰れて残念至極ですが、おかげでわたしもどうにか剣術で身を立てることができるようになりました」

十蔵は嬉しくてたまらないという顔で話す。

「二十六になったか。剣術で身を立てたというが、仕官でもしておるのか？」

「いえ、仕官はできませぬ。いまは橘文左衛門様のお屋敷に雇われ、剣術指南をしております。そうは申しても雇われ家人に過ぎませぬが……」

ハハハと、十蔵は自嘲の笑いを漏らした。屈託のない明るさは昔と変わっていないようだ。十蔵はひとしきり長尾道場時代のことを話した。

「どうやっても八雲さんには勝つことができませんでした。追いつこうとしても、足許にも及ばない。まあ、八雲さんは〝無敵の男〟と呼ばれていましたから、勝とうというわたしが浅はかだったのでしょうが……そうそう、倉持春之助さんも強かったですね。八雲さんと対等にわたりあえるのはあの人だけでした。噂では師範のお嬢様といっしょになられたらしいですが、ご存じですか？」

「八王子に道場を開いてうまくやっておるよ。しばらく沙汰なしで会っておらぬが」

「すると、お元気なのですね。いやあ、倉持さんにも会いたいなあ……」

十蔵はそこでずるっと茶を飲み、さっと兼四郎に顔を向けた。

「ところで、お住まいはどちらなのですか？　その身なりから察するにお近くだとは思いまするが……」

兼四郎はどう答えたらよいものかと、茶に口をつけて短い間を取って答えた。

「住まいは近くだが、いまは市井に埋もれて飯屋をやっておる」

「はあ……」

十蔵は目をまるくした。

「何故、飯屋などを……まさか剣術をおやめになったのですか？」

「やめたわけではないが、いろいろと込み入った事情があるのだ。また会うことがあれば、ゆっくり話してもよい」

「是非にもお聞かせください。もしや、奥方が床に臥しておられるとか……」

十蔵は勝手な推量をする。

「妻はおらぬ。ただ、いろいろあるのだ。教えてもよいが長い話になる」

「長くなってもかまいませぬ」

十蔵は体ごと顔を向けてくる。

「橘文左衛門様の屋敷にいるといったが、その方は？」

兼四郎は問われるばかりだったので、逆に問い返した。

「いまは隠居の身ですが、元は遠国奉行をなさっていたお方です。剣術熱心なお方で、十人ほどのご家来をお抱えになっておりまして、わたしは指南役として雇われています。ですが……」

十蔵は急に顔を曇らせて口をつぐんだ。

「なんだね?」

「はい、重宝されるのはありがたいのですが、どうにもつまらないのです。家来衆はまあ仕官のできぬ浪人ばかりでして、腕の立つ者もいません。それに、さほど熱心でないのです。いわば食い詰め浪人ですから、その場しのぎで運良く屋敷に雇われた者といったほうがよいかもしれませぬ。さような按配なので指南するわたしも退屈なのです」

おそらく十蔵は安い給金で雇われているのだろう。そんな顔をしている。

「お屋敷はどこにあるのだ?」

「田安御門外です。元飯田町の近くです」

「九段坂の上のあたりか……」

兼四郎はぼんやりと見当をつけていった。

「さようです」

「今日は何かこのあたりに用でもあって来たのか? 何かの使いとかで……?」

「いえ、今日は気晴らしでです。殿様は毎日お屋敷にいらっしゃいますし、家来衆も暇な身を持て余しています。それはわたしも同じですが、屋敷にいると何だか気分が落ち着かないのです。食いはぐれることはありませぬが、物足りないのですよ」

「荒れた世の中だ。辛抱しなければならぬ時代であるからな」

「まったくおっしゃるとおりで……。それで飯屋を営んでいらっしゃるようですが、お店は近くにあるのでしょうか？」

「近くだ。寄ってみるか」

まだ早い時刻である。客が来ることはない。十蔵は知らぬ仲ではないので、気を許してもよいと思った。

「是非にもお願いいたします」

兼四郎は仕入れを中断して、自分の店に十蔵を案内した。

「へえ。ここが……」

店に入ったとたん、十蔵はさも意外そうな顔を兼四郎に向けた。

「落ちぶれたものだ。だが、他にやることがなくてな」

「……」

「されど、この店の他にもやっていることがある」

「それは……」

兼四郎は口をつぐんで逡巡した。

十蔵は黒目がちの目を向けてくる。

「他言しないでくれるか。この店の客は、おれのことをただの飯屋の親爺だと信じ込んでいる。そのほうがおれもやりやすいのでそうしている」

「わたしはこう見えても口の固い男です」

十蔵はきりっと口を引き結ぶ。

兼四郎は茶を淹れてやり、倉持春之助の妻になった咲のこと、その二人に出来た小吉という子のことを話した。また咲と小吉が街道荒らしに襲われて、命を奪われたことも話した。

「ふたりが殺されたのは、おれの油断であった。春之助はそのことでずいぶんおれに腹を立てた。当然のことであろう。おれはそのことを深く悔い、刀を捨てるつもりだった。ところがそうはならなかった」

「何かあったのですね」

「うむ。長尾道場の師範・勘右衛門様の墓はこの近くの栖岸院にある。その寺の住職がおれを試したのだ。そして、おれがただの飯屋の主ではなく、過去を引きずっている男だと見破られた」

「それでどうなったのです？」

十蔵は興味津々の顔になっていた。

兼四郎は岩城升屋という大商家と、その店の主・九右衛門のことを簡略に話し、ときどき町奉行所の手の及ばない地に出かけ悪党を成敗していると、正直に話した。

「浪人奉行……」

「栖岸院の和尚が勝手につけた役名だ」

十蔵は目をぱちくりさせていた。

「そんな仕事をしておられたとは……いえ、八雲さんでしたら無理からぬことだと思います。それにしても、升屋の主も思いきったことを……」

「十蔵、いまの話、かまえて他言ならぬぞ。おぬしだから打ちあけたのだからな」

「ありがたき幸せ。決して口にはいたしませぬ。八雲さん、またお目にかかりとうございます。この店に遊びに来てもよいでしょうか？」

「それは困る」

えっと、十蔵は意外な顔をした。

「会うのはやぶさかではないが、この店では具合がよろしくない。それにおれはこの店にいるときは町人言葉を使うし、侍の客はまず来ない」

「では、いかがすれば……」

「おれの長屋を教える」

兼四郎はそういって、並んで座っていた床几から立ちあがった。

四

岩城升屋は日本橋の越後屋に比肩する大店である。その店の主・九右衛門は寄合や贔屓筋への挨拶回りなどで忙殺され、店に戻ってきたのは西の空が茜色に染まった頃であった。

「旦那様、栖岸院の和尚様からの使いが二度ほどお見えになり、どうしても和尚様が会いたいとおっしゃっているそうでございます」

忙しい一日だったので、店に戻ってきて一息つくなり、手代がそう告げた。

「和尚様が……」

「はい、そう言付かっております」

九右衛門はつかんだばかりの湯呑みを宙に浮かして考えた。寺からの使いが二度もあり、和尚がどうしても会いたいというのは滅多にあることではない。きっと大事な話があるからだろう。

「そうかね。それじゃ早速伺うことにしよう」

九右衛門は茶を一口飲んだだけで、居間から帳場に移り、

「ちょいと寺まで行ってくるので、あとのことは頼んだよ」

と、大番頭の善三郎に一言断ってから店を出た。

昼間は手代と小僧を連れていたが、栖岸院を訪ねるときはおおむねひとりで行くことにしている。

仕事は順調である。なんの不自由もなければ、困りごともさほどない。それ故に、隆観和尚の呼び出しが気になる。もしや厄介ごとが起きたかと心の片隅で思う。

町奉行所の手の及ばぬ地で、聞き捨てならない揉め事や禍事を知ると、ひそかに「浪人奉行」を動かして調べ、あるいは解決させるようにしている。

まさかそんな〝裏仕事〟を自分が請け負うことになるとは、ゆめゆめ思いもしないことだった。しかし、店に賊が入り七人の奉公人を殺されてから考えが変わった。

罪なき者を虫けらのように殺す外道がこの世には存在する。そのことを身をもって知ったから放っておけなくなったのだ。

九右衛門は通りを歩きながら、悪い話でなければよいがと胸のうちで思う。もっとも隆観に呼び出されたからといって、悪い話だと決めつけることはない。

隆観和尚は幕閣に顔が利き、ときどき大身旗本や大名を紹介してくれるので、店の売り上げにつながっている。

木漏れ日の射す境内に入ると、掃除をしていた若い僧が九右衛門に気づき、

「母屋のほうでお待ちです」

と、教えてくれた。九右衛門はご苦労様とねぎらって、母屋を訪ねた。声をかけると、奥から正円という若い僧が慌てたようにあらわれ、

「お待ちしておりました。どうぞこちらへ」

と、奥の間に案内してくれた。正円はそのまま立ち去るかと思ったが、座敷に入り、隅に控えた。

「升屋さん、大変なことがわかるかもしれません」

隆観は九右衛門の顔を見るなり、そんなことをいった。九右衛門の店は岩城升屋が正式名称だが、略して「升屋」と呼ぶことが多い。

「大変なこととはなんでございましょう？」

九右衛門はいつもより少し硬い表情の隆観を見た。

「そなたの店を襲った賊のことがわかるかもしれぬのだよ」

「えっ」

驚かずにはいられなかった。あの一件は「永尋（ながたずね）」になっている。町奉行所の期限を設けず調べをつづけるという扱いである。しかし、実際は現代でいう時効と同じで調べをつづけることはほとんどない。

それも南北奉行所にいる与力・同心の数を見れば明らかだ。町奉行所に詰めている員数は、南北を合わせて三百人に満たない。しかも、刑事事件を扱う与力・同心の数はさらに絞り込まれ、その半数以下だ。

江戸市中で発生する犯罪は決して少なくない。ただでさえ探索に手が足りないのに、いつまでも詮議（せんぎ）できない事案を長延ばしにはできないのが実態であった。

だから、九右衛門も自分の店を襲った賊のことは到底わからないだろうし、捕縛もできないとあきらめていた。

「どういうことでございましょうか……」

身を乗り出すようにして隆観を見ると、

「ここへ来て話しておあげなさい」

隆観は隅に控えている正円を見た。

正円が膝行して九右衛門のそばに来た。

「今日わたしはお使いに行ったのですが、その帰りに道草をして茶屋に寄ったのです。和尚様にはお目玉を頂戴いたしましたが、その店で放っておけないことを聞いてしまったのです。たしかにそうだと決めつけるわけにはまいりませんが、わたしは正直に和尚様にお話をいたしました」

「お目玉といっても窘めただけではないか。おまえさんが道草を食うことなどこちとらお見通しだ。ま、それはよい。先をつづけなさい」

隆観はゆっくり茶を喫した。

九右衛門はその様子をちらりと見て、すぐ正円に顔を向けた。

正円はその日、茶屋で耳にしたことを話した。正円は丸顔で色白なので、唇の赤さが目立つ。九右衛門はその動く唇を、じっと見つめながら話に聞き入った。

「その二人はたしかに、わたしの店を襲ったといったのかね」

話を聞き終えたあとで、九右衛門は正円に問うた。

「そんなことはいわなかったと思いますが、手代を殺した、金を持っていった作蔵、千住に逃げていたという言葉は、切れ切れに聞こえました」

「小塚原という声も聞いたのだね」

「はい、ひとりが千住に逃げていたのかといったら、そうではなく手前の小塚原だといっていました」

「その二人の顔を覚えているかね？」

　正円は首を横に振って、

「怖くてしっかり見ることはできませんでした。だからぼんやりとしか覚えていません。いえ、ほとんどわからないといったほうが正しいと思います。ただ、侍ではありませんでした」

「すると町人ふうだったと……」

「はい。職人のなりでもありませんでした」

　九右衛門は膝許の畳をしばらく凝視（ぎょうし）した。障子にあたっていた西日がうすれ、座敷のなかが少し暗くなった。

「升屋さん、手掛かりは少ないが、放ってはおけぬのではないかね。いかがされる」

　隆観が問うた。

九右衛門はその隆観を見て、いまや町奉行所を頼っても詮ないと思った。

「八雲様にご相談しなければなりません」

九右衛門が思い詰めた顔で声を漏らすと、隆観は力強くうなずいた。

五

その日、最初の客は寿々だった。といっても、だいたい寿々が口開けの客である。彼女には店があるので、その前に兼四郎の店で一杯引っかけていくのだ。

「今日も大将の元気な顔が見られて幸せよ」

寿々はうふっと微笑む。同時に熱い視線を兼四郎に送る。

「そりゃあ、なによりだ」

兼四郎はさらりとかわして板場に入る。すぐに寿々の声が追いかけてくる。

「まだ他の客はいないんだからさ、いっしょにやりましょうよ。ねえ、大将」

寿々はいやいやをする子供のように腰をゆすり、甘ったるい声になる。

「しかたねえな」

兼四郎が板場から出ると、寿々の顔が嬉しそうにゆるむ。

「一杯だけだぜ。これから仕事なんだからな」

「わかっているわよ。でも、わたしだってこれから仕事よ」

兼四郎は酌を受けて酒に口をつけた。寿々がその様子を見ている。太り肉の年増だが、色っぽい女だ。年のわりには肌艶もよく、そして色白である。

短く世間話をしたあとで、寿々ははたと思いついた顔になり、

「忘れていたわ」

といって、壁の一輪挿しを見て立ちあがった。投げ入れてあった芙蓉の花を抜き、新たに持ってきていた一輪の芙蓉を挿した。

「お水は替えて頂戴ね」

「さっき替えたばかりだ」

「そう、感心ね」

寿々は抜いた芙蓉の花を兼四郎にわたして捨ててくれという。

「あとでやっておく。店のほうはどうなんだい？」

「よくもなく悪くもなくってところよ」

寿々は四谷塩町一丁目で「扇屋」という料理屋をやっている。しかし、そのことを知っている「いろは屋」の客はいない。二人だけの秘密である。

「気が向いたらいつでもいらしてくださいな」

寿々はそういったあとで戸口を見た。いつの間にか西日を受けていた腰高障子が翳っていた。

「そろそろ行かなきゃならないわ。大将またね」

「おう。気をつけてな」

兼四郎は戸口まで寿々を送ってから銚釐と猪口を片づけ、行灯と燭台に火を点した。うす暗かった店のなかがほんのりと明るくなり、一輪挿しの芙蓉が浮かびあがった。

たった一本の花なのに、あるのとないのとではずいぶんと雰囲気が変わるものだと、いまさらながら思う兼四郎である。

しばらくして畳職人の元助がやって来た。一杯やりながら例によって近所で聞いた噂話をする。愚にもつかない話である。

適当に相づちを打ちながら相手をしていると、紙売りの順次がやって来た。この男もおしゃべりで、商い中に聞いた噂話をはじめる。

女房の尻を引っ掻いた猫がいたとか、お堀から大きな蝮が這い出てきて騒ぎになったとか、どこそこの屋敷の地鎮祭に相撲取りの大関・谷風がやってきたなどといったことだった。

「そりゃ見たかったな。やっぱり大きいんだろうな」

元助が感心顔でいう。

「そりゃ天下の大関だ。谷風に勝つ力士はいねえからな」

順次はそういったあとで、おれは関脇の小野川に会ったことがあるといった。

「へえ、会ったのかい？　それでどんなふうだった？　やっぱでけえのか？」

「そりゃあでけえよ。おれの二倍ぐらい背があって、目方はおそらく二十五、六貫はあるんじゃねえかな。派手な浴衣を着て弟子を連れていたよ」

「弟子もでけえのか？」

「小野川ほどじゃねえがでかかったな」

二人の話は尽きない。二人は話の合間に酒の注文をし、鰺の干物をつつく。

二人が相撲取りの話で盛りあがっていると、大工の辰吉と松太郎がやって来た。いつもの常連が揃った恰好だ。

辰吉は酒が入らないと口数の増えない男だが、その夜はちがった。やって来るなり女房の愚痴を漏らしはじめたのだ。どうやら昨夜、犬も食わぬ喧嘩をしたらしい。家に帰りたくないと、泣き言めいたことまでいう。

いきおい話は辰吉の女房のことになり、尻に敷かれているからそうなるんだとか、手を出しちまうほうが悪いんだとか、まあ賑やかなものである。

その四人の客が帰ると、入れ替わりにときどき飲みに来る隠居が二人の碁敵を連れてやって来た。酒のつまみは碁である。

兼四郎は碁に疎いので、ぼんやりと戸口の外を眺め、酒を注文されれば、銅壺で温めた銚釐を運び、漬物はないかと聞かれると、糠漬けを切って運ぶ。

四つ（午後十時）の鐘が聞こえる前に客は引け、兼四郎は片づけにかかり、やっとひと息つける。前垂れを外し襷をほどき床几に腰を下ろして、冷や酒をちびりちびり口に運んだ。

昼間会った波川十蔵の顔が脳裏に浮かんだ。達者でよかったが、お屋敷仕えが苦になっているようだった。話を聞けばたしかにやる気のない男たちに、いくら剣術を教えても面白くないだろう。

されど、それが十蔵の役目であり仕事なのだ。贅沢はいわぬことだと窘めたが、橘家には長く仕えられないかもしれないといった。

（あやつ、やめてどうする気なのだ）

ぼんやりとそんなことを考えていると、開け放しの戸口に人の立つ気配があった。さっとそちらを見ると、定次だった。

「どうしたこんな遅くに」

「へえ、うちの旦那に頼まれまして、明日の朝にでも店のほうに来てくれないかといわれたんです」

定次はぺこりと頭を下げたあとでいった。

「何かあったんだな」

「のっぴきならないことがわかったんです。詳しいことは明日の朝にでも話すそうです」

「おまえは聞いていないのか?」

「詳しくは……」

定次は小さく首をかしげた。

「わかった。明日の朝、五つ(午前八時)頃に店を訪ねる」

六

翌朝、兼四郎は升屋を訪ねた。裏の木戸から入ると、台所仕事をしていた女中が、

「旦那さんが奥の間でお待ちです」

と、教えてくれた。

「精が出るな」

兼四郎が言葉を返すと、女中は照れくさそうな笑みを浮かべ、額の汗を手でぬぐった。

奥の間というのは、九右衛門の居室である。開け放たれた縁側から小堀遠州風の庭を眺めることができる。池があり枝振りのよい松や楓が植えられ、地面には芝と青苔が張られ、そうでないところは白い石が敷き詰められている。蹲いがあり、ときどき鹿威しが「コン」と音を立て、池の鯉がぴちゃと跳ねる。

九右衛門は神妙な顔で座っていた。兼四郎の顔を見るなり挨拶も抜きで、

「大変なことがわかったかもしれません」

と、緊張のひびきを含む声を漏らした。

「なにがわかったと……」

兼四郎は静かに腰を下ろした。座敷の隅には定次が控えていた。

「のちほど栖岸院にいっしょに行っていただきますが、この店を襲った賊のことがわかるかもしれないのです」

兼四郎はぴくっと片眉を動かし、ゆで卵のようにつるんとした九右衛門の顔を見つめた。

「どういうことだ？」

九右衛門は栖岸院の正円という若い僧が、茶屋で聞いた話を伝えた。

「正円は他には聞いておらぬのか？」

「わたしが聞いたのはそれだけです」

「ふむ」

兼四郎は九右衛門に向けていた視線を庭に向けて思案し、また視線を戻した。

「この店が襲われたとき、調べは御番所が行ったのだな」

「もちろんでございます。しかし、賊の手掛かりは何もつかめず、悪戯に日がたち、ついには永尋扱いになっています。詮議をされた同心の旦那がおっしゃるには、賊は金を持って江戸を離れたのかもしれない。そうなると追う手立てもないとのことでした」

「賊が江戸から逃げたという証拠でもあるのか？」

「いいえ、仮の話でございましょう。しかし、この界隈で賊らしい怪しい者を見たという人は誰もいませんでしたし、賊に入られる前に不審な客が来たこともありません。町方は出入りの者はもちろん、奉公人のこともそれこそ重箱の隅をつつくように調べましたが、賊に関わることはなにも出なかったのです」

「それで永尋に……」

「はい」

九右衛門は細い眉を垂れ下げてうなずく。永尋がどういうことであるか、兼四郎もよく承知をしている。すでに町奉行所は升屋に入った賊のことから手を引いている。そう考えてもおかしくはない。

「正円さんがおっしゃるには、二人の男は千住の手前にある小塚原という地名を口にしています。それが刑場の小塚原のことか、小塚原町のことかはわかりませんが……」

いずれの場所も町奉行所の支配地ではない。江戸府内ではあるが、寺領か天領になっているはずだ。

市中で罪を犯した咎人がその地に逃げれば、町奉行所は手が出せない。もっともそれは表向きのことで、多少の介入はある。だからといってたしかな証拠や手掛かりがないかぎり、ひとまず詮議を終えた事件の再探索には乗り出さないだろう。それが江戸有数の大店で起きた事件だとしても……。

「正円から直接話を聞くべきだな」

兼四郎は思案の末に口を開いた。

「そのほうが早いかと思いますし、正円さんも何か思い出しているかもしれません」

「では、早速にも……」

いったのは隅に控えていた定次だった。

三人は連れ立って栖岸院に向かった。

「もし、正円さんが聞いた二人の男が賊の仲間だったら、無念のうちに殺された奉公人たちの供養ができます」

兼四郎の隣を歩く九右衛門が歩きながらつぶやく。

「許すまじき所業であるからな」

「うまく賊を見つけられ、また成敗できたなら、わたしは礼金を奮発いたします」

九右衛門は普段にない真面目顔でいう。

升屋から仕事を請け負う兼四郎の報酬(ほうしゅう)は、一件につき二十両と決まっている。

たとえ一日で終わろうがひと月かかろうが、それは同じだ。

しかし、此度（こたび）は九右衛門の身内といえる奉公人たちの命が奪われた事件である。さらに、八百両という大金も盗まれている。

もっとも九右衛門は金への執着はないだろう。なんとしてでも死んだ者たちの敵（かたき）を討ちたいという思いが強いはずだ。その気持ちは兼四郎にもよくわかる。

栖岸院の山門をくぐり、本堂につづく参道に入ったとたん、大きな欅（けやき）に止まっていた烏（からす）たちが一斉に鳴き声をあげて飛び立った。その数十数羽で、烏はひとかたまりになって西のほうへ去った。

（不吉な……）

兼四郎は烏を見送って胸のうちでつぶやいた。

七

隆観は母屋の奥座敷で兼四郎たちを待っていた。

「升屋さん、お待ちしておりましたよ。八雲殿、話は聞かれたと思うが、どうであろうか？」

「どうとおっしゃっても……」

兼四郎は腰を下ろしてから隆観を見た。血色のよい顔をしているが、相変わらず福耳にはぼそっとした毛を生やしたままだ。縁側から差し込む外の光が、禿頭をぴかぴかと光らせている。

「わたしはどうも賊の仲間だという気がする。あるいは升屋さんに入った賊たちかもしれぬ。昨夜床に入ったあとでよくよく考えたのだが、そんな気がしてならぬのだ」

「和尚、それより正円に会わせてください。じかに話を聞きたいのです」

「もっともなことだ」

隆観はうなずいてから奥に声をかけた。すぐに廊下に足音がして、小柄で丸顔のいかにも人のよさそうな正円があらわれた。

「八雲様、升屋さん、定次さん……」

正円はやって来た三人の名を口にして腰を下ろした。

「正円、昨日おまえさんが聞いたことを話しておあげなさい」

隆観に促された正円は、昨日茶屋で聞いたことをゆっくりした口調で話した。

兼四郎は黙って耳を傾けていたが、それは先ほど九右衛門から聞いたこととほとんど同じだった。

「その二人の名はわからぬのだな」

兼四郎は正円が話し終えてから問うた。

「わかりません」

「だが、その二人は作蔵という名を口にした。そうだな」

「さようです」

「作蔵が何者かはわからぬが、金を持っていったと、その二人は話し、小塚原に逃げていたといった」

「はい」

「他に聞いたことはないか？」

兼四郎は静かに正円を眺める。色白のせいか、唇の赤さが際立っている。

「昨日から思い出そうとしているのですが、あの二人は声を低めて話していましたので、よく聞き取れなかったのです」

「顔を見たようだが、覚えてはいないのだな。だが、もう一度会えばわかるか？」

正円は首をかしげ、自信がないとつぶやき、

「なにせ升屋さんで起きた災(わざわ)いにからんでいる人たちだと思ったので、急に怖くなり、心の臓が早くなりました。この人たちが升屋さんの奉公人を殺して金を盗んだ人たちなのかもしれないと思うと、身の毛がよだつほどでしたから……」

といって、ぶるっと肩をふるわせた。

「正円、もう一度よく思い出してくれぬか。どんなことでもよい。いま話したことの他に聞いたことはないか」

正円はどこか遠くを見るような顔で、しばらく記憶の糸を手繰っているようだった。

兼四郎はその顔をじっと眺め、正円の口が開くのを待った。隆観も九右衛門も定次も、沈黙を保ったまま正円を見ていた。

ゆるやかな風が表から流れ込んできて、庭にいた雀がちゅんと鳴いて飛び去った。

「おまえは升屋がどうのという話を聞いたのであろう。だから耳をそばだてた。そうだな」

兼四郎が沈黙を破ると、正円がハッと目をみはった。

「そうでした。あの二人が岩城升屋がどうのといったから、わたしは気になったのです」

「升屋のことをどうだといったのだ？」

「金をどうこうと話していました。よく聞き取れなかったのです」

「それは盗んだ金のことだろうか」

「……おそらく」

正円は自信なさそうに答える。

「では、二人の歳はいくつぐらいだった？」

「三十半ばか四十ぐらいだったと思います。ひとりは藍色の棒縞の着物を着ていました。もうひとりは格子縞の茶色の着物だったはずです」

兼四郎は定次を見て、覚えておけというふうに目配せした。定次は心得たという顔でうなずく。

「刀は差していなかったのだな？」

「はい、髪も町人髷だったと思います。侍には見えませんでした」

「職人のようだったか、それとも商人のようだったか？」

「どちらかといえば、お店者のように見えた気がします」

正円はやはり自信なさそうに答えた。

「遊び人には見えなかったか？」

「崩れた身なりではなかったはずです」

「他に気づいたことはないか？」

正円は短く考えてから首をかしげ、わかりませんといった。

兼四郎は正直なところ、賊を捜す自信をなくした。あまりにも手掛かりが曖昧である。

「八雲殿、いかがされる？」

隆観が聞いてきた。

「正円の話だけでは難しい気がします」

「できぬか？」

「八雲様、何とかお願いできませんか」

九右衛門が両手をついて必死の形相を向けてきた。

「難しくても動いていただけませんか。たしかに手掛かりは少ないと思いますが、これまでも八雲様は難しい詮議をなさってこられたではありませんか」

「此度は容易くはいかない気がするのだ」

「旦那、あっしはやれるところまでやってみたい気がします」

定次が口を挟んでつづけた。

「手掛かりはたしかに少ないと思いますが、この機を逃せば、永遠に升屋に押し入った賊のことはわからなくなる気がします。それに……」

「なんだ？」

兼四郎は定次を見た。

「あっしは由比の旦那についているとき、たった一言を得た手掛かりで悪人を捕まえたことがあります」

定次はかつて北町奉行所の由比又蔵という同心の手先をやっていた。由比にできたことが、兼四郎にできないわけがないという顔をしている。

「八雲殿、升屋で命を落とした奉公人たちのことを考えるならば放ってはおけぬではないか。そなたにわたしはいったことがある。世を救う者になれと。升屋を襲った悪党はいまもどこかにひそんでいる。それはたしかなことだ。その悪党はまた同じ悪さをしでかすかもしれぬ。泣くのは罪もない者たちだ。たしかに手掛かりは少なかろうが、やれるだけのことをやってみたらいかがだ。いまここで、できぬできないということはなかろう」

隆観は白いげじげじ眉を動かして兼四郎を見た。

「八雲様、お願いいたします。頼れるのは八雲様だけでございます」

九右衛門は再び頭を下げた。そこまでいわれては断れない。

「承知いたした」

兼四郎が答えると、隆観が言葉を重ねた。

「もし、見つけることができたらその場で誅せず、此度だけは御番所に引きわたすほうがよいかもしれぬ。天下の裁きを受けさせれば、升屋で命を落とした者たちの供養にもなろう。身内もそれで浮かばれた気持ちになれるやもしれぬ」

「心得ておきます」

第二章　茶屋「藤吉」

一

　翌朝、兼四郎は自分の店に貼り紙をした。

『野暮用出来　暫く休みます』

貼りながら文句をいう客の顔が浮かぶ。寿々、辰吉、松太郎、順次……。

「すまぬが、勘弁だ」

　兼四郎は独り言をいって自分の長屋に戻ると、急いで身支度をして定次と待ち合わせている昌平橋の北詰へ急いだ。待ち合わせの場所には、定次から知らせを受けた橘官兵衛もいるはずだ。

　麹町隼町を東へ向かうと内堀だ。兼四郎は内堀沿いの道を北へ辿る。穏やかな堀の水面は秋の日射しを照り返している。

堀沿いの道の左側は大名屋敷と旗本屋敷がつづくが、人通りはほとんどない。大名や旗本の登城時刻ではないからかもしれぬ。

夜が明けて、おそらく半刻（一時間）たつかたたないかである。堀のなかを泳ぐ鴨も、どこかのんびりしている。

しかし、兼四郎は忙しくいろんなことを考えていた。正円から聞いた話を反芻し、いかにして升屋を襲った賊を捜すかであるが、手掛かりはほとんどない。ないが、少ない手掛かりを頼りにしなければならない。

わかっているのは作蔵という男の名前。その作蔵は金を持ち逃げした節があり、小塚原にいるかもしれない。その小塚原にしても、千住宿の手前にある小塚原町なのか、刑場のことなのか、あるいは刑場近くの村なのか、その辺もわからない。

その話をしていた男は二人だが、顔も名前もわかっていない。

（どうやって賊をあぶり出せばよい。どうやって捜す……）

兼四郎はそんなことを考えながら、堀沿いの道をずんずん進む。編笠を被り、着流しに野袴という軽装である。腰には愛刀・和泉守兼定二尺二寸と脇差を差している。

九段坂を下りると再び武家地に入り、駿河台を抜けて八つ小路に出た。広場の隅に青物市が立っており、人が集まっていた。

ちらほらと武士の姿も見られるようになった。箱持ち・草履取り・若党・槍持ちを従えている者もいれば、中間らしき使用人だけを連れて歩いている者もいる。供連れの数でその武士の身分はおおよそわかる。

兼四郎は昌平橋をわたって足を止めた。定次と官兵衛の姿はない。

（まだ来ていないのか……）

心中でつぶやいたときに、湯島横町にある一軒の茶屋から定次が駆け寄ってきた。

「旦那、早くに着いたんであそこで待っていたんです」

兼四郎は茶屋の床几で饅頭を頬張っている官兵衛を見た。目が合うと、片手をあげ「こっちだ」と、手招きをする。

兼四郎はそちらに歩いて行き、官兵衛の隣に腰を下ろした。

「話は聞いたが、こりゃあ難しい人捜しになるぜ」

官兵衛は頬張っていた饅頭を呑み込み、胸をたたきながらいう。

「難しいのは承知だ。やれることをやるしかない」

「升屋は褒美金(ほうびきん)をはずむそうだな」

兼四郎はちらりと定次を見てから応じた。

「まさか金に釣られて来たのではなかろうな」

「釣られておらぬといえば嘘(うそ)になる。いつもより多くもらえるとわかっていれば、やる気も起きるというもんだ」

うははと、官兵衛は笑う。

店の小女が来たので、兼四郎は茶を注文し、

「定次から話は聞いているようだが、此度は手間取りそうだ。へたすると半月、いやひと月はかかるかもしれぬ」

「その前にあきらめることもあると……」

「さようだ」

「だからおれは定次に聞いたのだ。捜しきれなかったら褒美はもらえぬのかと。ところが、たとえそうなっても升屋は払うといっているらしいではないか」

茶が運ばれてきたので、兼四郎は小女が奥に下がるのを待ってから答えた。

「それだけ升屋が必死になっているという証だ」

「ま、やるだけやるしかなかろうが、どうやって捜す？」

官兵衛はそう問うてから、ひとつ残っていた饅頭を口に入れた。出会った頃は痩せていたが、いまや目方は二十二、三貫はありそうだ。そのせいで切れ長の目が糸のように細くなっている。

当人は幸せ太りだと豪語している。百合という連れ合いがいるが、この女も官兵衛に負けず劣らずで太っている。

「まずは小塚原町に行ってみる。そこからはじめるしかない」

「あの辺の土地には不案内だが……」

「定次が詳しい。そうだな」

兼四郎は定次を見た。

「詳しいというほどではありませんが、大まかにはわかります。それから旦那……」

定次は懐から財布を出して兼四郎にわたした。

「うちの旦那からです。当面の入用ですが、足りなかったら使いを出してくれと言付かっています」

「助かる」

兼四郎は素直に受け取って懐にしまい、

「では、早速まいるか」

と、茶に口をつけてから立ちあがった。

官兵衛と定次がついてくる。

「正円という坊主がいったことだが……」

官兵衛が兼四郎に並んで口を開いた。

「正円は二人の男の話を聞いたらしいが、その二人はなぜ四谷にいたんだ？」

兼四郎は官兵衛に顔を向けた。

「わからぬ」

「もし、その二人が賊の仲間だったとしたら、なにか用があって四谷に来たか、それとも四谷かその近所に住んでいるのではないか？」

兼四郎は立ち止まった。たしかに官兵衛のいうとおりだ。そのことに頭がまわらなかった兼四郎は内心で舌打ちした。さらに、官兵衛はつづけた。

「その二人がいた茶屋か菓子屋だか知らぬが、そいつらがその店に初めて立ち寄ったのではなく、何度も使う店だったら店の者が何か知っているかもしれぬ。そうは思わぬか」

兼四郎はまじまじと官兵衛の顔を眺めた。

「よいことをいう。たしかにそうだ。官兵衛」

「なんだ」

「おまえは四谷に戻って、そのことをたしかめてくれ。おれたちは先に小塚原に行っている。定次、小塚原で待ち合わせるならどこがよい。わかりやすいところはないか？」

定次は少し考えてから答えた。

「誓願寺という寺の門前ではいかがでしょう。千住大橋の手前にあるのでわかりやすいかと思いますが……」

「その近くに旅籠はないか？」

「何軒かあります」

「よし官兵衛、おれと定次は誓願寺に最も近い旅籠にいよう。一日や二日で片づけられる仕事ではないから、しばらくそこを宿にする」

「すると、おれはこのまま引き返すってことか……」

「そういうことだ」

なんだ、なんだと官兵衛はぼやいたが、

「わかった。おれの調べが終わったら、その宿に行くことにする」

兼四郎は升屋にもらった財布のなかから、いくらかをつかんで官兵衛にわたした。

「すまぬが頼む」

その場で兼四郎と定次は官兵衛と一旦別れて、小塚原町に向かった。

二

千住大橋の手前にある小塚原町は、日光道中の初宿である千住宿の一部で、中村町とともに〝千住下宿〟と呼ばれる。

飢饉のあおりを受けて荒れている世ではあるが、江戸四宿のひとつだけあって行き交う人の数は少なくない。見るからに旅人とわかる者もいるし、旅の行商人も見受けられる。その他に近在の百姓や子供や娘や職人たちが行き交っている。

往還の両側には、商家が軒を列ねている。その数は江戸の外れとは思えない多さだ。

瀬戸物屋・菜種屋・絵本屋・足袋屋・居酒屋・鰻屋・桶屋・水茶屋などなどと、市中の町と遜色ないほどだ。

「さて、来たのはいいが、どこをどうやって調べるかだ」

兼四郎は乾物屋の前で立ち止まって顎をさすった。

「正円は作蔵という男の名を聞いています。同じ名を持つ者は何人もいるでしょうが聞き調べてみますか……」

定次が顔を向けてきた。

兼四郎は賊を捜すよい手立てはないかと考えていたが、あまりにも手掛かりがなさ過ぎる。

「待て待て、少し思案しよう。その前に宿を見ておくか」

兼四郎はそのまま足を進める。

「それにしてもおれも間抜けであるな。官兵衛がいったことにまったく頭がまわらなかった」

「旦那、あっしも頓馬です。正円の立ち寄った店のことをなにも考えませんでしたから」

「官兵衛を呼んでよかった。やつには手間をかけさせることになったが……」

「早く気づかなかったあっしのせいです」

「なに、おまえのせいではない。正円のいったことにとらわれすぎていたおれのせいだ。誓願寺はもっと先か？」

「もう少し先です」

しばらく行くと山門入り口をたしかめることができた。その山門に最も近い旅籠は、「山吹屋」といった。まだ朝だからか客引きをする留め女の姿はない。

「平宿であろうか」

兼四郎は山吹屋の看板と暖簾を眺めてつぶやいた。千住宿には飯盛り（娼婦）を置いた旅籠が多いと聞いているからだ。

「さあ、それは入ってみなければわからないと思います。それより旦那、どうします？」

「そのことだが、まずはこの町をくまなく歩いておこう。この地を知るのは大事なことだ。そうではないか」

「おっしゃるとおりです。では、橋のほうまで行ってみましょう」

定次は元は町方の手先仕事をしていただけに探索の要領を心得ている。その方面に疎かった兼四郎は、これまでもなにかと教えられてきた。とにかく頼りになる男だ。

いつになく早く起きて出かけたのに、途中で引き返すことになろうとは、官兵衛は考えてもいなかった。しかし、兼四郎の見落としに気づいたことで、ひとりで聞き調べをすることになった。

「ふぅ、兄貴も抜けたところがある」

もうすぐ麹町一丁目に差しかかるところだった。官兵衛は一度立ち止まって、額の汗を掌でぬぐった。目の前は半蔵門前の広小路になっている。場所柄か人の姿は多くない。それでも麹町一丁目の入り口には数軒の水茶屋があり、侍や町人が床几に座って茶を喫している。

喉が渇いた。ひと休みしていこうと決めた官兵衛は一軒の茶屋の床几に腰を下ろした。すぐに店の女がやってくる。官兵衛は茶を注文し、閉じられている半蔵門を眺める。大手門の反対側にある搦手門で、甲州道中の出発地点だ。

門の向こうは御城内で、欅や椎の高木がのぞき、松や竹も見える。城を囲む白漆喰の多門櫓が延々とつづいており、お堀の照り返しを受けていた。

（おれも城勤めをしていたかもしれぬのだな）

ぼんやりとそんなことを考えていると、茶が届けられたので口をつけた。官兵衛の父は遠江相良藩に仕えていた。主君の本多忠央が改易されなければ、藩内で出世していたかもしれない。なにせ主君の忠央は寺社奉行だったのだ。

だが、改易されてしまった。その結果、官兵衛も浪人の子となった。同じ運命を辿った者は他にもいるが、官兵衛はいまの暮らしを苦にしてはいない。兼四郎と出会ったことで、生き甲斐を見つけられもしたし、百合という女と知り合うこともできた。

（贅沢を望まなければ、おれの人生は悪くないな）

心中でつぶやく官兵衛は、ふっと自嘲の笑みを浮かべ、隣の床几から立ちあがって去る男女の姿を見送った。男は侍で女はその妻女のようだ。妻は夫の数歩あとに従っている。裾にのぞく、細くて白い足首がまぶしかった。

その二人の姿が麴町の通りに入る角を曲がって見えなくなると、官兵衛は我に返ったように顔を引き締めた。

（のんびりしている場合ではないか）

床几に心付けを足した茶代を置いて立ちあがると、栖岸院に向かった。正円からもう一度話を聞かなければならない。

といっても、官兵衛が直接話を聞くのは初めてであるが。

升屋の前を素通りして、麴町八丁目に入ったところで右に折れた。もうそこは参道で、正面に山門が見えた。

境内に入ると、本堂の前で二人の若い僧が箒を持ったまま立ち話をしていた。ひとりは正円だった。官兵衛が声をかけるまでもなく正円が気づいて、

「橘様……」

と、少し驚き顔をした。

「丁度よかった。おぬしから話を聞くために戻ってきたのだ」

「なんでございましょう」

「まあ、ここに来い。話はすぐ終わる。聞きたいことがあるだけだ。これへこれへ」

官兵衛は本堂の階段に腰を下ろして、隣へ促した。

三

中天(ちゅうてん)に昇りつめようとする日は、まぶしい秋の日射しを降り注いでいる。その空には雲ひとつなかった。

正円が立ち寄った店は、四谷伝馬町一丁目にあった。目の前は外堀の通りに面しており、立てられた幟(のぼり)がゆるやかな風に揺れていた。幟には「藤吉(ふじよし)」という店

の名が染め抜かれていた。

緋毛氈の敷かれた床几が二つ。店のなかにも同じように幅広の床几が置かれていた。

茶の他に饅頭と団子を提供し、酒と肴もあることがわかった。茶屋にしてはなかなか立派な店である。

表の床几と店内の床几に三組の客がいて、思い思いの顔で茶を楽しんでいた。いずれの客も身なりがよいので、この店にはそれ相応の客が立ち寄るのだろうと察せられた。

官兵衛は早速注文を取りに来た店の女に声をかけた。

「つかぬことを訊ねるが、この店に……二日ほど前の昼間なのだが、二人組の客が来たはずだ。ひとりは藍色の棒縞の着物で、もうひとりは格子縞の茶色の着物だった。年は三十半ばか四十ぐらいだ。覚えはないかね」

官兵衛は警戒されないように、細い糸のような目をさらに細くして女を見た。何だかきょとんとしている。正円に茶を運んできた女は、耳が遠かったらしいので、

「これ、聞こえておるか?」

と、問えば、

「その日、わたしはお休みでしたのでよくわかりません。お客様のお名前がわかれば、知っている方かもしれませんが……」

と、首をかしげる。正円の応対をした女ではないようだ。

「少し耳の遠い女がいるだろう。その女はおらぬか？」

「おせつさんのことだと思いますが、今日はお休みです」

女は丸盆を胸の前で抱えたまま答える。

「その日、いた女はおらぬか？」

官兵衛は店の奥を眺めて聞いた。板場のそばに中年増の女が暇そうな顔で立っていた。

「お松さんがいました。あの人ですけど……」

「呼んでくれ。あ、茶でいい」

忘れずに注文をすると、煎茶でよいですかと聞かれたので、それでよいと答えた。

しばらくしてお松という店の女が茶を運んできた。

「なにかご用でしょうか？」

お松は丸顔で華奢な女だった。

「是非にも会いたい男がいるのだ。二日前の昼間、この店で二人の男が茶を飲んでいた」

官兵衛は二人の男の身なりを話した。お松は首をかしげた。

「表の床几で……この床几だったかもしれぬが、若い坊主が茶を飲みに来たはずだ。そのときにいた二人の男なのだが……」

「お坊さんが見えたのは知っています。そのとき、たしかに二人のお客がありました」

官兵衛はキラッと目を輝かせ、

「覚えておるか。その二人がどこに住んでいて、なにをしているか知らぬか？」

と、早口で訊ねた。

「わたしは存じませんが、おせつさんならわかると思います」

「今日休んでいる女だな」

「そうです」

「おせつにはどこへ行けば会える？」

「住まいは近所ですけど、今日は家に行っても留守ですよ。おせつさんは法事で実家に帰っていて、明日の朝実家から来ることになっているんです」

「実家はどこだ？」

「柏木村だというのは知っていますが、村のどこだかまではわかりません」

柏木村は新宿追分の先にある村だ。しかし、村のどこが実家なのかそれがわからなければ捜しようがない。

「さようか……」

官兵衛は気落ちしたような声を漏らして茶に口をつけた。

「急ぎのご用でしたら言付けをしておきましょうか？」

お松は親切なことを言う。

「いや、直接話を聞きたいのだ。明日の朝、ここは何刻に店を開ける？」

「五つ（午前八時）には開けます」

すると、明日の朝までおせつには会えないことになる。

「その若い坊主がここに来たとき、店にいた二人の男だが、ときどき来るのかね？」

「たまに見えます。おせつさんに冗談をいって冷やかしたりされますが、わたしはあまり……」

お松はひょいと首をすくめた。おそらく気に入らぬ客なのだろう。

「ま、よい。わしは橘官兵衛と申す。怪しい者ではない。明日の朝また来よう」

官兵衛はその日、おせつに会うのをあきらめた。

まだ日は高かったが、明朝おせつに会って話を聞かなければならぬので、官兵衛は兼四郎に合流するのをあきらめ、家に帰ることにした。家といっても、それは百合が借りている家である。

転がり込んで自分の住まい同様になっているが、百合はいっこうに気にしないで、官兵衛を甘えさせている。それだけ鷹揚な女なのだ。

四

「あれ、もう帰ってきたのかい？」

戸口を入るなり、居間で繕い物をしていた百合が顔を向けてきた。

「神田まで行ったんだが、急にこっちに用事ができてな」

「あらあらご苦労なことだね。なにか飲む？」

「なにもいらぬ」

官兵衛は居間にあがり込んで、なにを縫っているんだと百合に聞いた。

「雑巾よ。もう終わりだから……」

　百合はそういって、糸を嚙み切った。

「明日まで暇だ」

「すると、明日からまた留守にするってことだね」

「おそらくそうなるだろう。今日は仕事はどうした？」

「今日はお呼びがないのよ」

　百合はどっこらしょといって、立ちあがった。浴衣をしどけなく着ている。人に見られるわけではないからいいが、そんなことは気にしない女だ。台所に行ってゴクゴクと喉を鳴らして水を飲んでから官兵衛のそばにやって来ると、横座りをして団扇をあおいだ。

「秋だってぇのに暑い日ね」

　パタパタと団扇をあおいで、官兵衛にも風を送る。太っているのはお互いさまで、暑がりも同じだった。

「おれがなにをしているか、おまえは気にならんのか？」

「知ったところで得することとなんてないじゃない。あんたは生きたいように生きている。わたしも生きたいように生きている。それでいいじゃないさ」

「おまえってやつは……」

官兵衛は苦笑を浮かべて百合を見る。顎が三重にだぶついている。おまけに四段腹だ。

「でもね。気をつけてもらいたいわ」

「なにをだ?」

「この前怪我をして帰ってきたじゃない。危ないことをやっているんだなって、うすうす気づいちゃいるけど、命あっての物種よ。あんたが急にいなくなったら淋しいわ」

官兵衛は兼四郎とどんな仕事をしているかを話していない。話しても聞き流されるとわかっている。だが、百合は心配をしてくれている。

「おれがいなくなると淋しいか……」

「そりゃそうでしょ。ずっと同じ屋根の下で暮らしてるんだもの。危ない目にあっても死ぬようなことはやめてほしいわ」

「おまえにしてはめずらしいことをいう」

官兵衛が百合を見つめると、揉んでやろうかという。

「頼む。朝からちょいと歩いたからな」

官兵衛はそのまま腹這いになった。百合が早速揉み療治をはじめる。普段は武家や商家を訪ねて揉み療治をするのが百合の仕事だ。贔屓の客は主に年寄りで、百合を重宝がっているらしい。

「気持ちいいな。なんだか眠りそうだ」

「眠ってもいいわよ」

百合の指が足首から脹(ふく)ら脛(はぎ)、そして太股の裏をいったり来たりする。指の圧迫がほどよい。強くもなく、弱すぎず。

「少し凝(こ)っているわね」

「いつまでこうやっていられるかな」

「さあ、いつまでだろうね。あんたが出て行ったら、それで終わりかもしれないけど」

「おれが出て行く……」

「追い出したりしないわよ。でも、先のことはわからないじゃない」

腹這いになっていた官兵衛は、仰向けになってまじまじと百合を見あげた。

「ずっといっしょにいようじゃねえか」

「夫婦になるっていうの？　あんたは侍よ。それでいいの？」

「おれは浪人だ。おまえを妻にしても誰も文句はいわぬ」

「本気でいってる？」

「嘘をついてどうなる」

百合は短く沈黙を保ったあとで、ゆっくりと笑みを浮かべて嬉しいというなり、官兵衛に覆い被さってきた。

「おいおい」

官兵衛は百合の両肩をつかんで押しあげ、

「おまえはいい女だ」

といって、ゆっくり顔を近づけて唇を合わせた。百合も応じてくる。官兵衛はそのまま百合の浴衣を剝ぐように脱がせた。

白くてもちもちした肌が白昼の光に晒される。百合は手に余る豊かな乳房を官兵衛の顔に押しつけてくる。こうなると、行くところまで行くしかない。

官兵衛が乳房をやさしく揉み、乳首に愛撫をしている間に、百合は着物を器用に脱がす。

「あんた……」

「おう」

「……明るいのに、あっ……」

「いやかい？」

百合は首を振る。

「もっとよ」

「ああ」

官兵衛は百合を抱きながら、この先のことを頭の隅で考えていた。一年先のことはわからないが、半年後のことも、ひと月後のことも、もっといえば明日のことだってわからない。

だから官兵衛は、その日その日を楽しく生きていればよいと考えていた。されど、そろそろ地に足のついた生き方をしなければならぬと、この頃思うようになっている。

主君が改易になって以来、浪々の身になったが、いまもそれは変わらないのではないかと思うのだ。八雲兼四郎や百合と知り合えたのはよかったが、果たしていまの暮らしをつづけていっていいものかどうか迷いが生じている。

「……気持ち……いいの」

官兵衛は百合の声で我に返った。

「もっとかい」

「いやぁん。あ、もっと……」

官兵衛はすべてのことを頭から追い払って百合と合体し、愉楽(ゆらく)の園(その)に入っていった。

五

翌朝、五つの鐘(かね)の音が空をわたって間もない頃、官兵衛は件(くだん)の茶屋を訪ねた。

店をのぞくなり、「いらっしゃいませ」と声をかけてきた女がいた。昨日いたお

松とはちがう大年増だった。

「おせつという女は来ているか?」

「せつは、わたしですけど……」

官兵衛はぽかんとした顔を向けてくるおせつをまじまじと見た。しわ深い顔に

白粉(おしろい)を塗っているが、しわの深さがかえって目立っている。

「おれは橘官兵衛と申す。ちょいと話があるんだ。ま、その前に茶をもらおう」

「煎茶でよいでしょうか?」

「他にもあるのか?」

「抹茶もありますが、煎茶でよいのですね」

　耳が悪いのか声が大きい。官兵衛がそうだと答えると、おせつは板場に戻り、すぐに茶を運んできた。

「三日ばかり前の昼間のことだが、ここに若い坊主が来たのを覚えているか？」

「へえ、覚えていますよ。愛らしいお坊さんでしたが、なにかあったんでございますか？」

「知りたいのは坊主のことではない。そのとき、二人の男がいただろう。ひとりは棒縞の着物、もうひとりは格子縞の着物を着ていた。年の頃は四十かそこらだ」

　おせつは目をしばたたき、そのあとで視線を宙に泳がせた。

「ときどきこの店に来ておまえを冷やかす男だと聞いているが……」

「金兵衛（きんべえ）さんと角蔵（かくぞう）さんでしょ。そうそう、あのときいましたね」

「金兵衛……角蔵……。その二人がどこに住んでいて、なにをしているか知っておらぬか？」

「住まいは知りませんが、金兵衛さんは反物（たんもの）の行商です。角蔵さんは手習いのお師匠さんです。そう聞いていますが、あの人たちがどうかされたんですか？」

「昔の知り合いなのだ。この近所にいると聞いたので是非にも会いたいと思い、それで捜しておるんだ」

「そういうことでしたか」

おせつは少し安堵の表情になった。

「住まいは知らぬといったが、どこへ行ったら会えるかわからぬか?」

「さあ、どこへ行けばいいんでしょう……。この近くに住んでいらっしゃるとは思うんですけどね」

「その二人の知り合いがいればわかるかもしれぬが、どうであろう?」

官兵衛は湯呑みを口許で止めたまま、おせつを眺める。

「だったら、十三丁目の丹波屋という居酒屋に行けばわかるかもしれません。あの二人は丹波屋によく出入りされているようですから」

十三丁目というのは、麴町十三丁目のことで、この店の隣町だ。

「丹波屋だな」

「はい」

官兵衛は茶を飲みほすなり丹波屋に向かった。二人の男の名前がわかっただけでも収穫であるが、もっと詳しく調べなければならない。

丹波屋は十三丁目の北側の通りにあった。しかし、丹波屋の表戸は閉まってい
た。九尺二間の小さな店なので、店の主が寝泊まりしているとは思えない。

官兵衛は隣の瀬戸物屋で、丹波屋の主の家を知っているかと聞いた。

「丹波屋さんでしたら、七軒町にある半六長屋ですよ」

「半六長屋だな。丹波屋の主の名前はなんという？」

「佐兵衛さんといいますが、なにかあったんでございますか？」

「昨夜、店に忘れ物をしたのだ」

官兵衛は適当なことを口にした。

「そりゃお困りですね」

官兵衛はそのまま丹波屋佐兵衛の住む半六長屋に向かった。七軒町というのは
市ヶ谷七軒町のことで、丹波屋から二町ばかり北へ行ったところにある。

長屋に入って佐兵衛の家を訪ねると、頭に手拭いを締めて煙草を喫んでいる男
が寝ぼけたような目を向けてきた。

「なにかご用でしょうか……」

官兵衛が侍の身なりだからか、男は少し表情がかたかった。

「丹波屋の佐兵衛だな」

「へえ、さようですが……」

佐兵衛は煙管(きせる)を灰吹(はいふ)きに打ちつけてから、居住まいを正した。小太りで五十過ぎの髪のうすい男だった。

「つかぬことを訊ねるが、おぬしの店に金兵衛と角蔵という男が出入りしていると思うが、どこに住んでいるか知らぬか？　おれはこういう身なりではあるが、あるお奉行の手先仕事をしておる橋と申す。どうしても金兵衛と角蔵に会わなければならぬのだ」

官兵衛がそういうと、佐兵衛は急にあらたまり膝を揃えて座り直した。

「お役人様でございましたか。いや、これは失礼をいたしました。金兵衛さんと角蔵さんでしたら、もう家移りされたはずです」

「なに」

官兵衛は細い目をみはった。

「二人は同じ長屋にお住まいでしたが、大事な用ができたので引っ越すことになったと二日前か三日前に見えておっしゃいましたんで……」

「引っ越し先はわからぬか？」

佐兵衛はさあと首をひねってから、

「まあ、こちらに住んで三月にもなっていませんので、仕事が忙しいんでしょう。どんな仕事をされていたのか存じませんが……」

「角蔵は手習いの師匠で、金兵衛は反物の行商だと聞いていたが……」

佐兵衛は顔の前でひらひらと手を振った。

「まさか、そんな仕事をしている人ではありませんよ。いえね、同じ長屋に住んでいる居職の新蔵さんという客がいるんですが、あの二人は仕事もしないで、どうやって食っているんだと話していますから」

「長屋はどこだ？」

「この隣の十二丁目にある亀吉店ですが……」

官兵衛は佐兵衛に礼をいって、麴町十二丁目にある亀吉店を訪ねた。たしかに新蔵という居職の指物師が住んでおり、角蔵と金兵衛のことを聞けば、

「二人は同じ家に住んでいましてね。それが仕事をしているふうじゃないんですよ。まあ挨拶はそれなりにしてくれましたが、二人とも胡散臭い男でした。越したのは昨日のことです」

と、仕事の手を休めていった。

「行き先はわからぬか？」

新蔵は「さあ」と、首をひねるだけだった。

官兵衛は二人が住んでいた家を試しに訪ねてみた。戸に手をかけるとするすると開いたので、顔を突き入れて家のなかを見た。九尺二間の小さな家だ。調度の品などはなく、部屋の隅に夜具（やぐ）がぞんざいに置かれているだけだった。

官兵衛はその後、亀吉店の大家を訪ねて、二人について話を聞いた。大家の亀吉は五十がらみの太鼓腹（たいこばら）の男で、八の字眉のおっとりした顔をしていた。ところが、

「ええ、角蔵さんが引っ越しをしたですって……」

と、驚きの声を漏らす。

「なんだ、知らなかったのか？　家には布団しか残っていない」

「引っ越しの話など一言も聞いていませんよ。ええ、するともう家には誰もいないんですか？」

「長屋の連中は借主の角蔵と居候（いそうろう）の金兵衛が家移りしたことを知っている。なんだ、大家のおぬしが知らぬとは……」

「ひゃあ、こんなことってあるんですね。角蔵さんはちゃんと家賃を払っていたんで安心していたんですよ。居候している人がいるというのは知っていました

が、はて、それは困りましたね」

のんびりした大家である。

「角蔵の請人が誰だかわかるか？」

大家の亀吉は綴じてある帳面を見て教えてくれた。請人は山下権兵衛という名だった。実在しているか虚偽の名前かはわからない。とりあえず詮議すべきだろうから、官兵衛は山下権兵衛の住所を控えた。

六

まだ日は中天には昇っていない。要するに昼前だ。官兵衛は表通りに出たところで立ち止まって、この先どうすべきかを思案した。

正円が茶屋の藤吉に立ち寄ったときにいた、二人の男のことは朧気にわかった。住んでいた長屋も請人もわかった。しかし、それだけのことだ。

官兵衛は腕を組んでうなった。このまま兼四郎と定次が待っている小塚原町に行くのは、間抜けというものだろう。

まずは角蔵の請人になっている山下権兵衛を調べるべきだ。また、二人の名前と年恰好は大まかにわかっているが、それだけでは捜しようがない。官兵衛の頭に「人相書（にんそうがき）」という言葉が浮かびあがった。

ここは町方のように人相書を作るべきだろう。定次がそばにいればその手配は容易いが、官兵衛はその方面に疎い。しかし、ここは思案のしどころである。

組んだ腕をほどきながらあてもなく歩く。足は自然に、居候している百合の家のほうに向かっていた。

（百合に相談できぬか……）

面倒なことを考えないのが百合であるが、役に立つかもしれないと思ったのは、百合が絵師の家に仕事に行くといったことがあるのを思いだしたからだった。

官兵衛は先を急ぐように足を速めた。

「あれ、もう帰ってきたのかい？　しばらく留守にするんじゃなかったの……」

長屋の家に戻ると、袖をまくって襷掛けで台所仕事をしていた百合が驚き顔を向けてきた。

「相談がある。ちょっとこっちへ来てくれ」

官兵衛が居間に上がり込むと、百合はいったいなにさといいながら、そばに来て座った。

官兵衛はエヘンとひとつ咳払いをして、いつになく畏まった顔になり、

「おまえはおれがなにをやっているか知らぬな。聞きもしないからこれまで話さないでいたが、力になってもらいたいので話す。だが、このことかまえて他言無用だ。約束できるか？」

「なにさ、急にあらたまって。あんたが黙っていろというなら黙っているわよ」

「おれが兄貴と呼んでいる八雲兼四郎と、定次という男のことは知っているな」

「顔は知っているわよ。あまり話はしたことないけど……」

「おれはその二人と組んで仕事をしている。仕事は悪党を退治することだ。決してやましいことをしているのではない」

「ぼんやりだけど、そんなことだろうと思っていたわよ。怪我をして帰ってくることもあったからね」

「麴町にある岩城升屋を知っているか？」

「知らないわけがないじゃない。越後屋と肩を並べる大店だもの」

「その升屋に賊が入って奉公人を七人殺し、八百両を盗んで逃げている。数年前のことだ。町方が調べに入ったが、賊のことはわからずじまいだ。ところが、いまその賊のことがわかりかけてきた。だから、その詮議をしている」

「あんた、御番所の仕事をしてるのかい？」

官兵衛は首を振った。

「御番所は関わっておらぬ。それに升屋の一件を調べた町方は手を引いている。もっとも永尋にはなっているが、よほどのことがないかぎり動かぬだろう。だからおれたちが調べることになった。ついては人相書を作りたい。おまえの客にたしか絵師がいたはずだ」

「いるわよ」

「その絵師に人相書を作ってもらいたいのだ。似面絵（にづらえ）を描いてもらうということだ。頼まれてくれるかな」

官兵衛は大真面目な顔で百合を眺める。

「横田晴重（よこたはるしげ）という絵師がいるわ。昔は侍だったけど、株を売って絵仕事ばかりやっている人よ。わたしが頼めばひとつ返事で受けてくれるはずよ」

「それじゃ頼んでくれぬか」

「お安いご用よ」

やはり百合は役に立つ。

「これから早速にもお願いにあがろう」

「まあまあ忙しないことだね。それじゃちょいと待っとくれ。すぐに支度するから」

官兵衛は着替えをする百合を眺めながら話をした。

「考えてみれば、おれはおまえのことをよく知らぬ。おまえもおれのことをよく知らぬ。お互いに知ろうという気がないからだろうが、おれは元は相良藩一万石の家臣の子だった」

「へえ、そうだったの」

百合は帯を締めながら意外そうな顔を向けてくる。

「だが、殿様が改易になり、家来衆は散り散りになった。おれの親父もそのひとりで、浪人になったわけだ。生まれは遠江だが、もう家もなければ、親兄弟もおらぬ天涯孤独の身だ。親子二代の浪人だったが、八雲兼四郎という男に出会っていまの仕事をするようになった。手短に話せばさようなことだ」

「ほんとうならわたしなんかが相手できる人じゃなかったのね」

百合が帯を締め終わって、いつにない真顔を向けてきた。

「おれとおまえは肌が合いすぎる。それが悪いわけではないが……」

「ないが、なんだい？」

「ときどき思うことがある。このままおまえの世話になっていていいのかと……」

「あら、わたしは世話をしているつもりはないわよ。だからといってあんたを煙たがってもいないし、嫌ってもいない。あんたがいい人だっていうのはわかっているもの。この人は人を裏切らない人だってことも。それに……」

「なんだ？」

「わたしはあんたに惚れてんだよ」

そういった百合の顔に朱が差した。照れたように笑いもする。

「百合」

「はい」

「おれもだ」

「だったらこの先もずっといっしょね」

官兵衛はこのとき自分の思いがはっきりした。

「そうだ。おまえといっしょだ。この仕事が終わったらおまえの話を聞かせてくれ」

「いいわよ。さ、行きましょうか」

百合に促された官兵衛は、ゆっくり立ちあがった。

七

もう日が暮れようとしている。

小塚原町は隣の中村町と合わせて荒川北岸にある本宿（ほんしゅく）（千住宿（せんじゅしゅく））に対して、〝千住下宿〟と呼ばれている。江戸から日光道中最初の宿場であるから市中からやってくる者より、本宿からやってくる者たちが目立つ。

いずれも旅人であるが、近郊の村の百姓や近場の町人たちにまじって一本差しや二本差しの侍の姿もある。どの侍も浪人の風体で、旅塵（りょじん）にまみれたような着物姿だ。見るからに在から流れてきた者と思われる。

兼四郎は一軒の茶屋の床几に座ったまま、行き交う者たちを見るともなしに見ていた。

そこは、二つの神社（牛頭天王（ごずてんのう）・飛鳥権現（あすかごんげん））が合する門前町の茶屋だった。

近くの旅籠の前では留め女たちが、

「お泊まりはこちらで、お泊まりはこちらで……」

と、さかんに声をあげて旅人と思（おぼ）しき者たちの袖をつかんでいた。

西の空に沈み込んでゆく夕日を見ていた定次が声をかけてきた。

「旦那、どうしますか」

「そうだな」

兼四郎は力なく応じた。賊を追う手掛かりがあまりにもなさすぎるので、探索は少しも捗(はかど)っていなかった。唯一の手掛かりになるのは「作蔵」という男の名だけである。

兼四郎と定次はその名前を頼りに聞き調べを行ったのだが、暖簾に腕押しであった。作蔵という名を持つ男は幾人かいはしたが、とても殺しや盗みをしそうな者ではなかった。小店の主に百姓、職人、年端(としは)のいかない子供もいた。

「官兵衛の調べがどうなっているか気になる」

「そうですね。茶屋にいた二人の男のことがわかれば、手のつけようもあるのですが……」

「まったくうっかりであった」

兼四郎はいまでも茶屋の二人を調べなかったことを悔いていた。

「肚(はら)を括(くく)って官兵衛さんを待つしかないのでは……」

「そうだな。宿に戻るか」

「そうしましょう」

昼間のうちに宿は取っておいた。山吹屋という旅籠である。

茶屋をあとにしたとき、西の雲間に見えていた日がすうっと落ち、あたりが急にうす暗くなった。通りの両側にある旅籠や居酒屋の軒行灯(のきあんどん)がつけられていく。

「野郎ッ！　勘弁ならねえ！」

尋常でない怒鳴り声が聞こえたのは、茶屋を離れてすぐだった。

「待て、待たねえか！」

そんな声が被さったと思ったら、通りを歩く人をうまくかわしながら脱兎(だっと)のごとく駆けてくる者がいた。子供である。その背後から町人ふうの男が空(くう)を掻(か)くようにして走ってくる。さらにその後ろからひとりの侍が駆けてくるのも見えた。

「誰か、誰か、その小僧を捕まえてくだされ！」

町人ふうの男が半ば喘ぎながら声を張った。

「泥棒です！　捕まえてください！」

兼四郎は眉宇(びう)をひそめて立ち止まった。すると、駆けてきた侍が町人ふうの男を追い越して子供に迫った。

背後を振り返った子供はそのことに驚くと同時に、留め女にぶつかって倒れた。すぐに立ちあがろうとしたが、追ってきた侍に後ろ襟をつかまれて立たされた。

「どういう了見だ。きさま、ガキだからといって容赦はせぬぞ」

侍はそういうなり子供の頭に拳骨を見舞った。子供はその痛みでしゃがもうとしたが、侍は許さなかった。子供は小さな風呂敷包みを肩から斜めに提げている。

「人を押し倒して逃げるとはどういうことだ。ぶつかったら謝るのが筋であろう。これ、なにかいわぬか。詫びもいえぬか」

そこへ町人ふうの男が駆け寄ってきて、

「お侍様、この子供は手前の店の饅頭を盗んでいるんです。それも三つもです。かっぱらいです」

と、喘ぎ喘ぎいった。

「きさま、とんだ悪たれ小僧であるな」

侍はまたもや子供の頭を殴った。ボコッと音がして、子供は泣きべそを掻きそうになっている。

「やい、跪いて謝るのだ。その前に盗んだ饅頭を出せ」

子供は懐から三個の饅頭を出したが、どれも潰れていた。

「おい親爺、もうこれは売り物にならぬがどうする?」

「謝ってくれればそれで結構でございます」

「そういうことだ。小僧、膝をついて謝るんだ」

侍に頭を押さえつけられて地面に座った子供は、泣きそうな顔で、

「ごめんなさい。腹が減っていたんでつい……」

というなりぽろぽろと涙をこぼして、頭を下げてもう一度謝った。

「お侍様、もう結構でございます。勘弁してやりましょう」

「そうはいかぬ。子供だからといって甘い顔を見せたら、また同じことをやる。そういう悪たれは世の中にゴロゴロしておる。いずれ悪さをはたらく大人になるのだ。やい小僧、御番所に突き出して盗みの咎(とが)で罪人にしてくれよう」

侍は子供の襟をぐいっとつかむと、今度は無理矢理に立たせた。

「すみませんでした。どうか許してください。腹が減って倒れそうだったんです」

「そのことはもういい。いきなりぶつかってきておれを倒したのだ。見ろこれを。きさまのせいでおれは手を怪我したのだ。どうだ血が見えるか」

「すみません。すみません」

子供は涙ながらに謝るが侍はしつこかった。

「謝ればすむというものではない。よし、番屋に行って折檻だ。ついてこい」

侍は子供の襟をつかんだまま引きずるようにして歩き出した。

「しばらく、しばらく」

兼四郎は黙って見ていることができずに声をかけた。

「何用だ?」

侍がキッとした目を向けてきた。

「その子は謝ったではないか。その辺で勘弁してやったらどうだ」

「なにを……」

侍は眦を吊りあげた。

「腹を立てるのはわかるが、折檻をしたであろう。その子の頭には瘤ができているのではないか。おとなしく謝りもした。もう放してやってくれぬか」

「どこの誰かわからぬが、余計なお世話だ」

「頼む。このとおりだ。わたしに免じて許してくれ」

兼四郎は両膝に手をあてて頭を下げた。それを見た侍は興醒めたような顔に

なり、

「なんだきさまは、この子の知り合いか。それに刀を差しておきながら、無様なことをしやがる。へん、どうにもだらしのない浪人と見た。よし、わかった。きさまに免じて許してやるが、きつく叱っておけ」

侍はそういうと、ほらそっちへ行けと、子供を兼四郎のほうに押しやった。

兼四郎はよろけて倒れそうになった子供を受け止めた。

「とんだ道草を食ってしまったわい」

侍はそのまま市中に向かって歩き去った。騒ぎを知り野次馬になっていた者たちが、三々五々散っていった。

「大丈夫か？　名は何という？」

兼四郎は侍を見送ったあとで子供に聞いた。

「……直吉（なおきち）」

子供はこくりと頷いたあとで、自分の名を口にした。

「直吉か。家はどこだ？」

直吉は千住大橋のほうを見た。

「おいらずっと遠くから来て、おっかさんに会いに行くんです」

兼四郎は一度定次と顔を見合わせてから、直吉にどこから来たのだと聞いた。

「倉松村……」

「倉松……それはどこだ？」

「杉戸宿の近くです」

そう聞いても兼四郎にはぴんと来なかった。定次を見ると、

「ここから十里はあろうかという宿場です」

すると直吉は野宿をしてここまでやって来たのだろう。

「おっかさんに会いに行くというが、どこにいるんだね？」

直吉は首をひねるように動かしてから、

「深川……池田屋……」

と、いった。

池田屋がどんな店かわからないが、深川は近いようで遠い。日の暮れた夜道を子供ひとりで歩かせるわけにはいかない。それに直吉はなにやら深い事情を抱えているようだ。

「直吉、その池田屋が深川のどこにあるかわかっておるのか？」

直吉は弱々しくかぶりを振った。兼四郎はまた定次と顔を見合わせた。

「深川といっても広い。ここからそう遠くはないが、明日の朝明るくなってから行ったらどうだ。腹が減っているようだが、飯ぐらい食わせてやる」

「でも……」

「寝るところも心配いらぬ」

兼四郎がやさしく微笑むと、直吉はお世話になりますと頭を下げた。

第三章　聞き込み

一

直吉が江戸にやって来たのには、のっぴきならぬ事情があった。

「親父殿が怪我を……」

話を聞いた兼四郎は直吉をまじまじと眺めた。村大工をしている父親が屋根から落ちて大怪我をし、動けなくなっているというのだ。それで江戸にはたらきに出ている母親を連れ戻しに来たのだった。

「怪我はひどいのか？」

「腕と足を折っているんです」

「そりゃあ大変だ。しかし、誰が面倒を見ているのだ？」

「親戚の叔母さんが朝晩来てくれています。それで、なんとか……」

「おまえはいくつだ？」

「十です」

兼四郎は小さなため息をついた。直吉は黒目がちの澄んだ瞳をしている。いかにも純情そうな目だが、引き結んだ口には気丈さがある。

「とにかく今夜はここに泊まり、深川に行くのは明日の朝にしなさい。それに歩きつづけで疲れているであろう」

直吉はこくりとうなずく。

その夜、宿の食事を取らせると、直吉は一気に疲れが出たらしく、延べられた夜具に横になるなり、あっという間に寝息を立てた。

兼四郎は気持ちよさそうに寝ている直吉の寝顔を眺めた。日に焼けた顔はまだあどけないが、必死に父親を思う孝行息子だ。

「それにしてもなぜおふくろさんひとりが江戸ではたらいているんですかね。出稼ぎだというのはわかりますが、それも深川で……」

定次が直吉の寝顔を見てつぶやくようにいった。おそらく考えていることは同じだろうと、兼四郎は思った。

在の村は荒れている。農作物の収穫も例年以下だというのがいまの現状だ。村にいては大した稼ぎ口はない。宿場に行って飯盛りになる女も少なくない。直吉の母親も同じで深川の岡場所(おかばしょ)にいるのかもしれない。そうでないことを願うが、よくわからないことだ。

「池田屋が岡場所でなければよいですね」

定次が兼四郎の考えていることを口にした。

「その店がどこにあるのか直吉は知らないようだが、どうやって見つけるのやら」

兼四郎は直吉の寝顔を眺めて言葉をついだ。

「明日の朝、もう一度詳しく聞いてみよう。場所がわかれば、送って行ってもいい。舟を使えばさほどの手間はかからぬ」

「池田屋の場所がわかれば、あっしが送って行きましょう」

「頼まれてくれるか」

「へえ。それより官兵衛さんはどうしたんでしょうね」

「おれも気になっているのだ。今日のうちにやってくると思ったが……」

兼四郎は暗くなっている表の闇に目を向けた。虫たちがすだいている。宿の奥から笑い声が聞こえてもきた。旅の者たちが酒盛りをしているようだ。

「旦那、直吉のこともありますが、明日はどうします？　作蔵という名前だけで、升屋を襲った賊を捜すのには少々無理があります」

「たしかに……」

兼四郎はもう一度表の闇に目を向け、

「官兵衛がなにか調べてくればよいが」

と、つぶやいた。

翌朝、朝食の支度ができるまでの間、兼四郎は井戸端から帰ってきた直吉に、母親の店について話を聞いた。

「おふくろさんがはたらいている店だが、どんな商売をやっている店か聞いておらぬか？」

「食い物屋だと思います」

「料理屋か？」

直吉は澄んだ瞳をまるくして首をかしげる。

「深川のどの辺にあるか聞いておらんのか？」

聞かれた直吉は手持ちの風呂敷包みに手を伸ばし、なかから小さな紙片を取りだした。

「これを叔母さんにもらったんですけど……」

差し出された紙片を、兼四郎は受け取って眺めた。下手な字で池田屋の住所が書かれていた。永代寺門前仲町とある。直吉は字が読めないのだ。

「深川には富岡八幡宮という有名な神社がある。その神社の前に大きな通りがあってな、その通りに一ノ鳥居がある。ここには永代寺門前仲町と書かれているが、その町は鳥居の近くだ。池田屋のことをその鳥居のそばで聞けばわかるかもしれぬ」

直吉は真剣な顔で聞いて、「一ノ鳥居ですね」とつぶやいた。

「おふくろさんがはたらいているのは食い物屋らしいが、その店の詳しいことは聞いておらぬか？」

直吉はまた首をかしげる。

兼四郎は少し不安になった。永代寺門前仲町には岡場所がある。直吉の母親がその岡場所ではたらいているなら、容易く店を出ることはできないかもしれない。

「直吉、どうしておっかさんは江戸に出てきたんだ？　出稼ぎだとは思うが誰かの紹介があったとか、ってを頼ったとか……」

　定次だった。

「村の人がおっかさんに教えたんです。でも、よくは聞いてません」

「おとっつぁんはなんといっているんだ？　連れ戻してこいといっているのか？」

「おとっつぁんは怪我が治るまで動けないから、おっかさんを連れてこいといってます」

「直吉、おまえには兄弟はいないのか？」

　兼四郎だった。

「姉ちゃんがいたけど死んだんです。おいらが生まれて一年ぐらいしたときだったとおっかさんから聞いています」

「それじゃ、おまえは親父さんと二人暮らしか？」

　直吉は「はい」と、うなずく。

　そのとき、廊下に宿の女中があらわれ、

「お客さん、朝餉（あさげ）ができてますけど、早くしないと食べられなくなりますよ」

　と、急かした。話し込んでいるうちに朝食の時間が過ぎようとしていたらしい。

「すぐに行く」

　兼四郎は応じてから定次と直吉を促した。

　食事は一階の板場近くの座敷に用意されていた。他の泊まり客はすでに食事をすませたらしく、閑散(かんさん)としていた。宿の戸口で客を送り出す女中や番頭の声が聞こえている。

「旦那、あっしが直吉を送って行きましょうか」

　飯を食いながら定次がいった。

「ひとりで大丈夫です」

　直吉がすぐに口を挟んだ。気丈な目をして定次と兼四郎を見、

「おいらひとりで行きますから。鳥居の近くの町に行けばわかるんですよね」

　と、兼四郎を見る。

「ま、そうではあるが、定次の案内があると探す手間が省けるぞ」

　直吉は首を振って、

「泊めてもらって飯も食わせてもらったんです。それに昨夜は助けてもらいました。もう迷惑はかけられません」

　なかなかしっかりしたことをいう。兼四郎はそんな直吉を感心顔で眺め、

「ならば、舟で行くとよい。千住大橋の手前に舟着場があるので、そこまで送って行ってやろう」

といって、飯をかき込んだ。

朝餉をすませると、兼四郎と定次は千住大橋の袂にある舟着場で猪牙を仕立て、船頭に永代橋の近くまで直吉を送ってくれるように頼み、酒手をはずんでやった。

「もしなにかあったらさっきの旅籠に来るとよい。おれたちはしばらくあの旅籠にいる。気をつけて行くんだ」

兼四郎が声をかけると、直吉はこくりとうなずいて礼をいった。

猪牙を見送ると兼四郎と定次は、山吹屋のほうに引き返した。すでに往還の両側にある店は暖簾をあげて仕事をはじめている。行き交う人の数も増えていた。

「さて旦那、どうしましょう？」

定次が顔を向けてくる。まさにどうしましょうの心境であった。昨日は作蔵捜しをしたが、皆目見当がつかなかった。

「こうなると官兵衛の調べが頼りになるのだが……」

兼四郎がぼやくようにいったとき、定次が「あっ」と、驚きの声を漏らした。

「旦那、官兵衛さんです」

兼四郎が定次の視線の先を追うと、旅籠「山吹屋」の前に官兵衛の姿があった。

二

「子供を連れていたと聞いたが、どうしたんだい？」

山吹屋の前で待っていた官兵衛が先に声をかけてきた。

「昨夜、ちょっとしたことがあってな。それより、なにかわかったか？」

兼四郎が問うと、官兵衛は自慢げな顔になって、

「賊の尻尾がつかめるかもしれぬ」

といった。

「どういうことだ？」

「こんなところで立ち話はできん。この宿に泊まっているなら、兄貴たちの部屋に行こうではないか。ついでにおれの部屋も取ってもらわなければ……」

官兵衛はそういうなり先に旅籠に入り、番頭に空いている部屋がないかを訊ねた。

「お泊まりでしたら、あとでご用意しますが、ごいっしょですか？」

番頭は兼四郎を見てくる。

「いっしょだ。近くの部屋にしてくれるとありがたい」

「では、そのようにいたします」

部屋のことは番頭にまかせ、兼四郎たちは自分たちの部屋に入った。

「尻尾がつかめるといったが……」

兼四郎は腰を下ろすなり、官兵衛に問うた。

「正円が立ち寄った茶屋にいた二人組のことがわかったのだ。もっともほんとうの名かどうかはわからんが……」

官兵衛はそう前置きをして自分が調べたことを話した。

「二人の男は角蔵と金兵衛と名乗っている。角蔵は手習いの師匠で金兵衛は反物の行商だと、茶屋の女にいっていた。ところが二人が住んでいた長屋の者に聞くと、どうにも仕事をしている素振りはなかったそうだ。亀吉店というのがその長屋なんだが、二人が住みはじめたのは三月ほど前だ。家賃もちゃんと払っておった。借主は角蔵だが、金兵衛はその家の居候だ。それで、角蔵の請人を調べた。おい定次、茶をもらってきてくれ」

官兵衛は言葉を切って定次に命じた。

だが、定次は動かずに、手を打ち鳴らして女中を呼んで茶を注文した。

「それで、どうだった？」

「請人は山下権兵衛という御家人だった。家は下谷練塀小路になっていたので、そこを訪ねてみたが、山下権兵衛なんかいなかった。角蔵は請人を誤魔化していたのだ。まあ、それでも花押や印があれば大家はそれで信じるだろうからしかたないだろう」

「その角蔵と金兵衛は亀吉店にいるのか？」

「おらぬ。二日前に家移りしている。大家にも知らせずにだ。まあ、大家は店賃をもらっているので文句はないようだが、行き先がわからぬ。それに長屋の連中の話を聞くと、二人が住んでいた家には、茶碗や丼があるぐらいで手まわりの道具はほとんどなかったという。夜具はあったが、それは置きっぱなしだ」

「その長屋に住んでいたのは、たった三月ってことですか？」

定次である。

「そういうことだ」

「なんのためにそんなことを……」

「それはおれに聞かれてもわからぬことだが、やつらが賊の仲間だったとしたら、またどこかの店に入る手はずを整えるために調べをしていたのかもしれぬ。まあ、そう考えてもいいだろう」

「しかし、その二人の行き先はわからぬのだな」

兼四郎は女中が茶を運んできたので受け取った。

「わからぬが、その辺はおれも手抜かりなくやってきた」

官兵衛は女中が去ってから口を開き、茶を飲んだ。

「どういうことだ？」

兼四郎が焦れたように聞くと、官兵衛はまたまた自慢げな顔で懐に手を入れて、数枚の半紙を取り出して膝許に置いた。

「人相書……」

目をまるくしたのは定次である。

「これが金兵衛で、こっちが角蔵だ。名前はちがうかもしれぬが、人相は変えられぬ」

「官兵衛、よく機転をはたらかせたな」

兼四郎は褒めてから人相書を手にした。

角蔵は四十歳。丸顔で中肉中背。目は大きく、太くて濃い眉。金兵衛は痩身(そうしん)で尖り顎で、やや細い目。年は四十ぐらい。

「そいつらのことは長屋の連中も見ているし、その二人が立ち寄っていた丹波屋という居酒屋の主も知っていたので、似面絵はおおむね似ているはずだ。丹波屋でも長屋でもそうだが、誰もが胡散臭かったといっている」

「官兵衛、お手柄であるぞ」

兼四郎は官兵衛をあらためて見て褒めた。

「まあ、ぬかりなくやるのがおれだ」

官兵衛は図に乗ったように自慢げな顔をする。人相書はそれぞれ三枚ずつあった。官兵衛は摺(す)っている暇がないので、絵師に描かせたと付け足す。

「もし、こやつらがこの界隈に来ているなら大きな手掛かりだ」

「官兵衛、正円の話を考えると、この二人はこの辺に来ているかもしれぬ」

兼四郎がそういうと、

「おそらくいますよ。だって正円は、金を持っていった作蔵が、小塚原に逃げたようなことを聞いているんです」

定次は兼四郎と官兵衛をまじまじと眺める。

「うむ、そう考えておかしくなかろう」

「では、捜すか」

官兵衛はそういって、茶を飲みほした。

「人相書があるからには手分けをするか」

兼四郎は角蔵と金兵衛の人相書を引き寄せて、官兵衛と定次を見た。

「それがいいだろう」

官兵衛が同意したので、兼四郎はそれぞれの探索区域を割り振り、昼に一度旅籠で落ち合うことにした。

兼四郎が立ちあがると、定次が待ったをかけた。

「聞き調べはしなきゃなりませんが、ここ一、二年前にできた店には注意をしてください。賊の隠れ家になっていることになります」

定次はかつて町方の小者を務めていただけに、周到なことを口にした。

「もっともなことだ。官兵衛、さようなことである」

「承知した」

三

兼四郎は千住大橋の南詰から真養寺の近くまでの町屋を、官兵衛は千住大橋から先の宿場町を、そして定次は真養寺の門前あたりから刑場の近くまでをそれぞれあたっていくことにした。

定次の担当する区域は町屋が少ないので、村の百姓地まで足を延ばすことになる。

兼四郎と官兵衛は、往還沿いに並ぶ商家への聞き込みが中心だ。

兼四郎はまずは千住大橋の手前まで行き、そこから聞き込みを開始した。定次の助言どおりに、店の主がいつ開店したかを調べることからはじめた。店が古い新しいは関係ない。古い店でも主が代替わりしていることもあるし、真新しい店でも長年やっていた店を建て直しているかもしれない。

要はその店の近所の者に聞けばいいのだが、兼四郎は手間を省くために市中の自身番に代わる問屋場を訪ねようとした。しかし、それは本宿にしかないことがわかった。

それで近所の者たちに話を聞くことにした。その際にも、相手が土地の者であるか、長年住んでいる者かどうかをたしかめることは忘れなかった。

「斯様（かよう）な身なりをしているのは、ひそかな調べをしなければならぬからだ」

そういったあとで、兼四郎は自分のことを公儀目付（こうぎめつけ）だと嘯（うそぶ）いた。このあたりは幕府領であるから、相手は疑いもしなかった。

「捜さなければならぬ男がいるのだが、ここ二、三年のうちに商売をはじめた店や、代替わりした店はないだろうか？」

最初に声をかけたのは、いかにも古そうな障子屋だった。こういった店の職人はその地を離れずにやっている者が多い。

案の定、主は生まれも育ちも小塚原町だといって、作業の手を止めて兼四郎を見た。奥に若い男がいたが、顔つきが似ているので倅（せがれ）のようだ。

「何軒かありますが、すぐに変わる店といったら、表通りの油屋の隣でしょう。あの店は誰がやってもうまくいかないんです。場所は悪くないんですがねえ」

「油屋のどっち隣だね？」

「油屋の前に立って右です。いまは履物屋（はきものや）ですが、前は八百屋で、その前は乾物屋でした」

「主の名前はなんという？」

「なんでしたかな。勘助（かんすけ）とか勘吉（かんきち）って名だったような気がします。あまり付き合いがないんで……へえ」

　障子屋の主はひょいと頭を下げる。

「その履物屋はいつ頃できたんだね？」

「一年ぐらい前だったでしょうか。地道にやっているみたいですが、景気のいい面(つら)はしてませんね」

　兼四郎が他にはないか問うと、山吹屋の三軒隣に居酒屋があり、そこは一年半ばかり前に店主が代わったと教えてくれた。いまは三十年増の女がひとりで切り盛りしているらしい。

　日慶寺(にっけいじ)の参道口には信濃屋(しなのや)という蠟燭屋(ろうそくや)があるが、ここも二年前に店主が代わっているというのもわかった。

「他にもあるかもしれませんが、あっしが知っているのはその三軒ぐらいでしょうか」

　兼四郎は礼をいって障子屋を出ると、まずは履物屋の近くまで足を運んだ。青木屋(あおきや)というのが店の名だった。

　小さな店で年寄りの男が、店を入った居間にちょこなんと座っていた。使用人はいないようだ。しばらくして長暖簾で仕切られている奥の土間から年寄りの女が出てきた。茶を盆にのせて運んできたのだ。

年寄り夫婦でやっているようだ。どう見ても盗賊の一味とは思えない。

兼四郎は山吹屋のほうへ引き返した。歩きながらこの店はどうであろうか、あの店はどうだろうかと目を光らせて見てゆく。

金兵衛と角蔵は、作蔵という男が金を持ち逃げして小塚原にいるようなことを口にしている。話の流れから、作蔵は賊の一味と考えることができる。また金兵衛と角蔵も同じ仲間だったなら、作蔵は裏切り者ということだろう。

そして、金兵衛と角蔵は作蔵を捜しているはずだ。盗賊には盗賊の掟（おきて）がある。

もし、作蔵が盗んだ金を横取りして逃げていれば、命はないということになる。

また、その作蔵のことを、金兵衛あるいは角蔵はどこで誰から聞いたかである。

正円が二人の話をはっきり耳にしたのは、

――手代を殺したのが……金を持っていった作蔵が……。

――千住に逃げていたのか……。

――そうじゃねえ。その手前の小塚原だ……。

――しッ、声がでけえよ。

それだけである。

升屋をどうの、升屋の金がどうのという言葉も正円は聞いているが、その辺は曖昧だ。ただ、升屋という名前が出たので、正円は耳をそばだてたのであった。角蔵と金兵衛には他の仲間がいるはずだ。その者たちもこのあたりにひそんでいるのか。

歩く兼四郎の目は周囲の店や通行人に注がれる。

気づいたときには山吹屋を過ぎていた。障子屋の主から聞いた店はたしかに山吹屋の三軒先にあった。間口九尺の小さな居酒屋だ。戸は閉まっているが、軒に下げてある看板に「小泉屋（こいずみや）」という名があった。

女主がやっているらしいが、店が開くのは日の暮れだろう。この店は後まわしにして、信濃屋という蠟燭屋に向かった。

信濃屋は表の板壁を普請（ふしん）したらしく、新しい店に見えた。しかし、店のなかに入るとそうでもなかった。柱も壁もかなり古い。しかし、そのことが蠟燭屋らしくもあった。蠟燭だけでなく線香やちょっとした仏具も置かれていた。

帳場に座っているのは三十前後の女だった。兼四郎が店を訪ねても「いらっしゃい」の一言もいわず、ぼんやりと文机の前に座っていた。

「なにかお探しですか？」

やっと声をかけてきたのは、兼四郎がそれとなく店の様子を探るように見、いくつかの線香を手に取ったときだ。

「いや、これをもらおうか」

兼四郎は紙巻きの線香を女に見せた。ありふれた線香である。

「六文です」

兼四郎は代金を払ったあとで、

「そなたがこの店を差配しているのかね？」

と、聞いた。

「わたしは店番です。今日は亭主が出かけているんですよ。店番は退屈でたまりません」

色白でちょいと見目のいい、男好きのする女だった。

「すると、亭主と二人でやっているのかね」

「普段は亭主がやってんですけどね。まあ、わたしも手伝いはしますが、蠟燭屋なんて暇なもんです。お侍さんはこれから墓参りですか？」

「知り合いの家を訪ねるところだ」

兼四郎は適当に話を合わせる。

「それは感心なことでございます」

「そうでもないさ。この店はこの町ではまだ新しいほうであろう。ここに来る前はどこかで商売をやっていたのかね」

信濃屋の女房はひょいと首をすくめ、

「上野で道具屋をやっていたんですけど、儲からないので鞍替えしたんです」

と、いう。

「商売をやるなら上野のほうが人出が多いのでよかったのではないか」

「場所によりますよ。上野といっても外れのほうでしたから」

「さようか。いろいろあるな。いや、邪魔をした」

兼四郎はそのまま信濃屋を出た。亭主の顔を見たかったが、留守ならしかたがない。

その後、二軒の店を訪ねた。いずれもここ数年内に店を引き継いでいた。しかし、官兵衛が気を利かせて作った人相書に相当する男はいなかった。

九つ（正午）の鐘を聞く前に兼四郎は山吹屋に戻った。

四

兼四郎は自分たちの部屋に入ると、女中を呼んで茶を注文した。

窓から秋のそよ風が流れてくる。空は真っ青に晴れ、鳶（とび）の声が聞こえていた。

待つほどもなく女中が茶を運んできた。

「そなたはこの宿ではたらいて長いのか？」

暇にあかせて聞いてみた。

「へえ、もうかれこれ五、六年にはなります。子が離れて楽になったので、こちらの旦那に頼んで雇ってもらったんです」

「するとこの土地の者か」

「さようです。生まれも育ちも下宿です」

兼四郎は興味を持ち、女中を眺めた。三十大年増のそばかすだらけの女だ。

「じつは人を捜しておるのだ。こういう男たちだが、見たことはないかね」

人相書を見せると女中は目を見開いて、兼四郎をあらためて見た。

「お侍様はお役人だったのですか？」

　女中はびっくりしたような顔で、人相書と兼四郎に視線を往復させる。

「そうではない。この二人を捜すために、作っただけだ。とくに悪さをしているとかそういうことではない」

「はあ、そういうことですか」

　女中は少し安堵した顔になって、人相書に目を凝らしたが、見たことはないと答え、

「この二人がこの辺にいるんですか？」

　と、聞いてきた。

「そんな話を聞いたのだ。まあ、わからぬならよい」

　兼四郎はそれで話を打ち切った。女中が下がると、入れ替わるようにして官兵衛がやってきた。

「なんだ、もういたのか？」

　官兵衛はそういってどっかりと腰を下ろす。

「角蔵と金兵衛に似た男はいない。賊に関わっているような店もわからぬ」

　兼四郎がいうと、官兵衛が口を開いた。

「千住本宿は店が多い。それに店の入れ替わりは少なくないらしい。目つきの悪

い破落戸もいれば、在から流れてきたはぐれ者もいる。されど、金兵衛や角蔵に似た男は見なかった。まあ、調べをはじめたばかりだからしかたなかろう。お、すまぬ」

官兵衛は兼四郎がついでやった茶を受け取った。

「正円が聞いたことをもう一度考えたのだが、作蔵という男は千住宿にはいないと思っていいだろう。まあ、ここも宿場のうちで小塚原町だから、このあたりの町は調べなければならぬが……」

「兄貴、それはおれも考えたことだ。正円は、作蔵が千住ではなく手前の小塚原にいるという話を聞いているからな」

「うむ。とりあえず千住大橋の向こうは、ひとまず置いておこう」

「されど、升屋を襲った賊は何人いたんだろう？　まさか三、四人ということはないと思うが……」

「そのこともおれは考えた。升屋に押し入った賊は手掛かりを残さずに逃げている。よほどの周到さだ。押し入る前にはかなりの調べをしているはずだ。見張りもいただろうし、逃げる手引きをする者もいたはずだ」

「何人だと思う？」

官兵衛がじっと見てくる。

「少なくとも五人……もっと多いかもしれぬが、盗んだ金は八百両だ。八人だとすれば、ひとり頭百両ということになる」

「ひとり百両か……欲の皮の突っ張った賊なら少ないだろうな。金兵衛と角蔵は四谷に三月住んでいた。それも盗みの下調べだったのかもしれぬな」

「もしそうなら、近いうちに押し入る店を決めているのかもしれぬ。あるいは品定めだったのだろうか」

そんな話をしていると、定次が戻ってきた。

「旦那、小塚原はいささか広うございます」

定次は腰を下ろすなり、大きく息を吐いた。額に浮かんだ汗をぬぐってつづけた。

「一言で小塚原といっても、他の村と入会になっている百姓地があります。東は橋場町の外れ、西は下谷通新町の近く、北はこのあたりですが、南は刑場の先まであります。いずれも在方の村との入会地です」

「相当広いというのはわかっているが、それでどうだったのだ？」

兼四郎は定次を眺めて聞く。

「どこから手をつけようかと考えあぐねたんです。とりあえず浅草山谷のほうに通じる往還沿いを歩いてみましたが……」

それは日光道中ということだ。

「歩いてみたがどうだったのだ？」

官兵衛が口を挟んだ。

「往還の両側は百姓地です。百姓家はあちこちにありますが、一軒一軒訪ねて行くのは骨が折れます」

「それはしかたねえだろう」

「もっとなにか手掛かりがほしいと思ったんです。それに、金兵衛と角蔵は、作蔵という男が千住ではなく、その手前の小塚原に逃げたといっていたのでしたね」

「そうだ。いまそのことを兄貴と話していたところだ」

「千住の本宿も調べるべきでしょうが、ひとまずそっちは後まわしでいいんじゃないでしょうか」

「考えることは同じだな。それもいま兄貴と話していたことだ」

「へっ、そうでしたか」

定次は盆の窪をぽんとたたいた。

「賊をあぶり出す方法があればよいのだが……」

兼四郎が腕を組んで独り言のようにつぶやくと、官兵衛と定次が同時に顔を向けてきた。

「それだ。なにか知恵を出し合おうではないか」

官兵衛が提言する。

「賊をおびき出す手立てはないだろうか……」

兼四郎はまた独り言のようにいった。

「考えよう。その前に飯を食おう」

官兵衛はそういって近くに一膳飯屋があるので、そこへ行こうと立ちあがった。

五

直吉はやっと池田屋という料理屋を見つけた。

そこは深川の目抜き通りから少し脇道に入った料理屋だった。

店はすでに開いており、紺暖簾が風に揺れていた。店のなかにいる人の足が見え隠れする。そっとのぞき見ると広座敷の入れ込みに数組の客が座っており、飯を食っていた。奥から出てきて料理を客に届ける女中がいれば、空いた器を下げている女中もいた。

直吉は母親がいないかとしばらくのぞいていたが、それらしき女中はいなかった。

「なにをしてるんだい？」

突然、背後から声をかけられた直吉は、ビクッと体を硬直させて振り返った。恰幅（かっぷく）のよい大人が立っていた。肉付きのよい顔のなかにある目が不審そうに光っていた。

「腹が減っているのかね？」

大人は直吉の足許から頭まで嘗（な）めるように眺めた。

「いいえ」

「さっきから店のなかをのぞいていただろう」

「あ、はい。その……」

「なんだね。わたしは央蔵（ひさぞう）というこの店の主だ。汚い身なりで店の前に立たれると迷惑なんだがね」

「おっかさんを捜しに来たんです」

「おっかさん……」

央蔵は眉宇をひそめた。

「えいといいます。倉松村からはたらきに来ているんです。深川の池田屋という料理屋で……この店だと思います」

直吉は帯にたくし込んでいた紙片を取り出して見せた。央蔵はひと眺めしただけで、視線を直吉に戻した。

「たしかにここに書かれている料理屋はこの店だ。だけど、おえいという女はいないよ。倉松村といったが、それはどこだね？」

少し央蔵の口調がやわらいだ。目つきもさっきよりやさしくなった。

「杉戸宿の近くです。おとっつぁんが怪我をして動けなくなったんで、おっかさんを連れて帰らなきゃならないんです」

「ふむ。それで倉松村というところからやってきたのかね」

央蔵はそういったあとで、

「ここは店の入り口だからお客様の邪魔になる。こちらについてきなさい」

直吉は央蔵の後ろ姿を見送った。すぐに央蔵が振り返って、

「なにをしているんだね。こっちに来なさい」

と、促した。直吉は悪い人ではなさそうだと思い、あとに従った。

連れて行かれたのは店の板場に近い小座敷だった。料理人や女中たちが忙しそうに立ちはたらいていた。

「杉戸宿の近くに家があるようだが、その杉戸宿とは宿場かね」

「はい、千住の四つ先の宿場です」

「そりゃずいぶん遠方から来たんだね。ひとりで来たのかね？」

直吉はこくんとうなずく。

「そうかい、そりゃあ大変だったね。だけど、うちにはおまえのおっかさんはいないよ」

直吉はぽかんと口を開き、目をしばたたいて央蔵を眺めた。急に体の芯から力が抜け、徒労感が募り、また悲しくもなった。

「でも……」

直吉は手に持っている紙片に視線を落とした。その様子を見た央蔵は少し待っていなさいといって板場におり、年を取っている女中や年配の料理人に、自分が留守をしているときにおえいという女が訪ねてこなかったかと聞いていた。ときいた。

どき直吉を振り返り、日光道中の杉戸宿の近くから来たらしいなどと話してい

女中や料理人はもの珍しそうな顔を直吉に向け、首をかしげてそんな女は来たことがないと答えた。

直吉は大きく息を吐き出してうなだれた。それじゃおっかさんはどこにいるんだろうと、絶望感が胸のうちに広がった。

がっくりと肩を落として座っていると、央蔵が戻ってきた。

「あんた名前はなんというんだね？」

「直吉です」

顔をあげて答えた。

「残念だけど、うちにはおまえさんの母親はいないし、この店を訪ねてきたこともないようだ。誰にこの店ではたらいていると聞いたんだね？」

「親戚の叔母さんです」

「おっかさんから聞いたのではないんだね。おとっつぁんはなんといっているんだね？」

「早く連れて帰ってこいといわれました」

「おとっつぁんも、おっかさんがこの店ではたらいているといっているのかね？」

「そういっていました」

「こりゃあ困ったね」

央蔵は考えるように視線を動かした。困っているのはおいらだと、直吉は胸のうちでつぶやく。どうすればいいのか、まったくわからなくなった。

「腹は空いていないか？」

「……少し」

どう答えようか迷ったが、直吉は正直に答えた。

「それじゃなにか食べさせてあげよう。おっかさんのことは、それから考えようではないか」

直吉は央蔵をまじまじと眺め、この人は悪い人ではなさそうだと思った。

六

兼四郎たちは昼餉を食べながらあれこれと、それぞれの考えを口にして相談したが、妙案は出ずじまいであった。

一膳飯屋の片隅にいる三人は、格子窓越しに表の通りを眺めながら茶を飲んでいた。

「しかし、なにか手を打たなければな」

官兵衛がうなるような声を漏らす。兼四郎は定次を見て、

「こんなとき、町方の同心はどんなことをするのだろう？」

と、聞いた。

「賊の居所もわからない、追う手立てもないとなれば、見廻り(みまわ)をしながら関わりのありそうな者に会って話を聞くぐらいでしょうか」

「関わりのある者がわからんのだ。そんなときはどうする？」

今度は官兵衛が聞いた。

「地道な見廻りでしょうか。ですが、あっしらには人相書があります。余分にあれば、信用のおける者に預ける手もありますが、手にある人相書はかぎられていますからね」

官兵衛が気を利かせて作った金兵衛と角蔵の人相書は、各人に一枚ずつのみである。

「おれたちがこの二人を捜しているということを……」

官兵衛は膝許に置いた人相書を、指先でつついてつづける。

「大っぴらにすれば、やつらは姿をくらませるかもしれぬな。そうでなければおれたちのことを調べて近づいてくる。どっちだと思う？」

官兵衛は兼四郎と定次を交互に眺める。

「なんともいえぬが、警戒して逃げられたらそれまでだ」

兼四郎が答えた。

「そうか」

官兵衛はため息をついた。

「金兵衛と角蔵は作蔵という男を捜しているはずです。そうではありませんか……」

定次が兼四郎と官兵衛を見る。

「正円が聞いた話からすれば、そうだろう。作蔵は賊の仲間だったと考えていい」

「作蔵が持ち逃げしたか横取りした金はなんだったのだ？　升屋から盗んだ金の分け前だったのか……」

官兵衛が疑問を口にした。

「そうかもしれませんが、つぎの〝仕事〟のための支度金というのも考えられます。知恵のまわる盗賊は、そんな金を蓄えていると聞きます」

定次が答えた。

「もし、そうならば、賊はつぎの盗みができなくなるということか」

「とにかく見廻りをしながら聞き込みをしていこう。いまはそれしかなかろう。ここであれこれ話をしていても、なにもはじまらぬ」

兼四郎がそういって腰をあげると、官兵衛と定次もそれに従った。

「おれはこのあたりの町をもう少し探ってみる。おまえたちは村のほうをまわってくれぬか」

表に出たところで兼四郎は、官兵衛と定次とその場で別れ、まだ日の高い空を見あげ、大きく息を吸った。

(聞き込みをするしかないか……)

内心でつぶやいた兼四郎は、しばらく行ったところで駕籠舁き(かごか)を見た。暇そうに地面に座って煙草を喫んでいる。

「ご用で……」

兼四郎が近づくと、ひとりの駕籠舁きが顔をあげた。隣の駕籠舁きも見てくる。

「ちょいと訊ねるが、おぬしらはこの仕事は長いのか？」

「長いっていえば長いですよ。もう十年はやってますからね」

肩幅の広い男が答えた。

「ずっとこの町で……？」

「三年前は本宿でやってましたが、こっちに移ってきたんです」

それを聞いた兼四郎は、二人の前にしゃがんで、懐から例の人相書を出して見せた。

「こいつら罪人ですか？」

肩幅の広い駕籠舁きが問えば、でこ面のもうひとりが、

「お侍はお役人で……」

と、目をまるくする。

「罪人というわけではないが、捜しているのだ。これがおれのお役目でな」

「やっぱりお役人なんですね」

でこ面は好奇心の勝（まさ）った目をした。

「見たことはないか？　あるいは心あたりはないか？」

二人の駕籠舁きはもう一度人相書を眺めて首をかしげた。心あたりはないとい

う顔だ。

駕籠舁きと別れると通りを流し歩いた。金兵衛か角蔵に似た男はいないだろうかと目を光らせる。

長年その町で商い（あきな）をしているという薬種屋（やくしゅや）を知ると、店に入って人相書を見せて聞いてみたが、やはりひびく答えは返ってこなかった。それから水油紙屋、瀬戸物屋、髪結床（かみゆいどこ）を訪ねていった。いずれも徒労で終わる。

その後、目についた店に探りを入れて聞いていったが、結果は同じである。さらに足を延ばして下谷通新町のそばまで行く。その町の西側に広がる百姓地は、かつて将軍の鷹場（たかば）になっていたらしく、そこも小塚原町だと知った。

小塚原と一口でいうが、かなり広いのだと思い知らされ、兼四郎はため息をついた。気がついたときには、日は西にまわり込んでいた。仕事帰りの職人や野良仕事を終えた百姓の姿を見るようになった。

下宿へ引き返しながら、此度の探索に自信がなくなってきた。手掛かりが少なすぎて、まるで雲をつかむような仕事になっている。だからといってここでやめるわけにはいかない。調べはじめてまだ二日もたっていないのだ。

それに升屋九右衛門の胸中を考えれば、容易く投げ出すわけにはいかない。

宿場の通りは昼間より行き交う人の数が増えていた。旅籠の留め女の声がかしましくひびき、うす暗くなった通りには料理屋や居酒屋の灯りがともりはじめる。

兼四郎は千住大橋の手前まで行って、再び引き返した。山吹屋のそばまで戻ったとき、三軒先にある居酒屋の軒行灯に火が入れられているのがわかった。小泉屋という店で、一年半前に代替わりしていると聞いている。

兼四郎はそのまま小泉屋の暖簾をくぐった。

「いらっしゃいませ。あら、お侍さん」

迎えてくれたのは三十大年増の小太りな女だった。

「お侍さんが見えるなんてめずらしいわ。どうぞおかけになってください。お酒つけますか、それとも冷やでなさいますか？」

はきはきという女である。前垂れをつけ赤い襷をかけ、手拭いを姉さん被りにしている。

「女将ひとりでやっているのか？」

「そうですよ。それでどうなさいます？」

「つけてもらおう」

「あいよ」

女将は気安い返事をして銅壺に銚釐をつけた。兼四郎は店を眺める。板壁に品書きがある。

「うちの店にお侍が来るなんて初めてかしら。どうぞ……」

女将は銚釐を運んできて酌をした。

「この店はひとりでやっているのかね？」

「そう、女の細腕で勝負しているんでござんすよ。でも、細腕じゃないか」

女将はぺろっと舌を出し、勝手に「あはは」と笑う。明るい女で嫌みがない。

「さぞや繁盛(はんじょう)しているであろう。そなたの女っぷりからわかる」

「あらあら男っぷりのよいお侍に、そんなことをいわれちゃ照れちゃいますよ」

女将は満面の笑みを浮かべる。目尻に小じわが目立つが、それも愛嬌(あいきょう)であろう。

「旅でもなさっているのかしら。それともお仕事かしら？」

「人を捜しに来たのだ。この先の山吹屋に泊まっておってな」

「へえ、人捜しってお友達？　それともお身内かしら？」

兼四郎は女をまじまじと見た。この女は賊の仲間ではないはずだ。それは話しているだけでわかる。

「金兵衛と角蔵という男なんだが、聞いたことはないか？」

女将は小首をかしげたあとで、わたしもいただいていいかしらと酒をねだり、猪口を差し出す。兼四郎は酌をしてやった。

「嬉しい。いただきます。漬けたばかりの蕪がありますけど食べますか？　ピリッとしていておいしいんですよ」

「もらおう」

ほとんど女将が一方的に話すのだが、会話がはずんだ。あけすけで飾り気のない女だというのがよくわかった。女将の名前はおみちといった。

この店に来る前は、下谷坂本町で亭主と小さな飯屋をやっていたらしい。亭主が病気で死んだので、飯屋を畳んで本宿に来たと話す。近所の百姓の娘で、実家に近いからこの店にしたのだと屈託がない。

「親は元気なのかね？」

兼四郎が訊ねると、もう死んでいない、長男が家を継いでいるが、ここ数年作物の育ちが悪いので苦労していると話したあとで、

「そうそう、さっきの、なんという人だったかしら、お侍さんが捜しているって

人？」

と、逸れていた話を元に戻した。

「金兵衛と角蔵だ」

兼四郎は暖簾越しに表の通りを見た。いつの間にか暗くなっていた。兼四郎は人相書を見せるべきかどうか迷ったが、

「じつはこういう二人なのだ」

と、懐から人相書を取り出して見せた。

おみちは絶えず笑みを浮かべて話していたが、人相書を見たとたん真顔になった。

七

官兵衛が下宿の南外れの中村町に入ったのは、日が落ちて辺りが暗くなって間もなくの頃だった。刑場のほうにつづく道が白っぽく浮きあがり、空には星が散り、痩せた月が浮かんでいた。

さんざん村の道を歩きまわり、百姓家を訪ねていったのだが、目あての三人につながる話は聞けずじまいであった。それでも定次は根気よく、向こうにある百

姓家を見てくるといった。杉木立に囲まれたその家に灯りがともったのが見えたからだった。

官兵衛はおれは先に行って待っているといって、定次をひとりで行かせたのだった。官兵衛は歩き疲れていた。

道のところどころに灯りが見える。居酒屋や飯屋の灯りだとわかる。グウと鳴る腹をさすり、小さな店の軒先に置かれている薪束に座って、自分がやってきた道へ視線を投げた。定次の姿はない。

宿場のほうを見ると、行き交う人の影が黒くなっている。提灯を持って歩いている者もいる。

「根気のある男だ」

定次のことをつぶやいて評した官兵衛は、やれやれと腰のあたりを拳でたたいた。こんなときには百合に揉んでもらいたいと勝手なことを思う。

しばらく軒下の暗がりに座っていたが、定次はなかなかやってこない。目の前を百姓らしい男が数人通り、怪訝そうな顔を向けて去って行った。使いに出されたらしい子供が、パタパタと草履の音をさせて駆けていった。

「やけに遅いな」

官兵衛は先に旅籠に戻ろうかと思ったが、おまえが行ってこいと無責任なことをいった手前もあるので待つことにした。

定次が見に行った百姓家は西光寺という寺の南側だった。そこも小塚原町と中村町の入会で、下谷通新町の東にある閑静な百姓地だ。

小半刻（三十分）ほど待ったが定次が戻ってくる気配がないので、官兵衛は立ちあがって来た道を少し引き返した。少し不安になったし、妙な胸騒ぎもした。

二町ほど行ったところだった。横の道から急ぎ足でやってくる人影があった。官兵衛は立ち止まってその黒い影に目を凝らした。星明かりと痩せた月の明かりが頼りだがよく見えない。

「官兵衛さん……」

先に相手が声をかけてきた。

「なんだ定次だったか。どうだった、なにかわかったか？」

「殺しです。さっき見に行った百姓の家で人が殺されていたんです」

「なんだって……」

「それがどうも作蔵と関わりがあるような気がするんです。はっきりはしませんが……」

「どういうことだ？」

「あっしにもよくわかりませんよ。いま村役と近所の者が調べをしているんですが、下手な口出しをすれば逆に怪しまれると思い、戻ってきたんです」

「殺しがあったのはたしかか？」

「死体は見えませんでしたが、どうもそのようです。どうします？」

「どうするって……死体が見えなかったといったが、どういうことだ？」

「あっしが急に出て行ったら、疑われるかもしれないでしょう。だから木立のなかで様子を見ていたんです」

官兵衛は夜空を見て短く考えた。

「その家だけでもたしかめておこう。相手に気づかれたら道に迷ったとでもいえばいいだろう」

「いえ、そりゃあまずいです。もし殺しが起きていて、下手人がわかっていれば誤魔化しも利くでしょうが、下手に気づかれたら疑われますよ」

「そうかもしれぬが、たしかめたいだろう」

「まあ、それは……」

「いいから、来い。向こうだな」

官兵衛は細い村の道を辿った。乾いた地面が闇のなかに白っぽく浮かんでいるので迷うことはない。だが、でこぼこ道である。

両側の草叢(くさむら)で虫たちがすだいていた。近くの竹藪(たけやぶ)がさわさわと風に吹かれて音を立てた。

定次が見に行った家は杉木立に囲まれているが、杉はどれも枝打ちがされていて見通しが利いた。

たしかに家の前の庭で数人の男たちが立ち話をしている。近くに若い女がいて、地面に置かれた戸板に人が乗せられ掻巻(かいま)きを掛けてある。掻巻きは死体を人の目から隠すためのようだ。

「ほんとうに殺しがあったのか……」

官兵衛は杉の幹により掛かって疑問を口にする。

「おそらくあの男たちは村役だと思うんです。この辺は幕府領ですから、町の自(じ)身番(しんばん)に知らせないはずです」

「するとどこに知らせるんだ？」

「代官所でしょうが、その前に村名主(むらなぬし)や村役が差配するはずです」

「どうする？」

官兵衛は百姓家の庭と定次を交互に見た。

そのとき一方の道に提灯の灯りが浮かんだ。数人の男たちが急ぎ足でやってくるのだ。そのまま男たちは、騒ぎになっている百姓家の庭に入った。いずれも村の者だとわかる。

すぐにひとりの男が百姓家を飛び出していった。

「定次、どうする？」

「どうしましょうか……」

「なにが起きているのか知りたいではないか」

「でも、疑われたら面倒です」

「くそぅ、なにかよい知恵はないか」

官兵衛が小さく吐き捨てたとき、四人の男たちが戸板を持ちあげて庭を出て行った。そのあとを若い女がついていく。

「定次、どこへ行くか尾けるんだ」

第四章　見張り

一

兼四郎は小泉屋の女将・おみちから意外な証言を得ていた。

おみちに金兵衛と角蔵の人相書を見せると、

「この人見たことあるかもしれない。よく似ているわ。歳も同じぐらいよ」

と、金兵衛の人相書を見ていったのだ。

さらに、ときどき蠟燭屋の信濃屋に出入りしているというのだ。兼四郎は詳しいことを聞こうとしたが、客が入ってきたので話はそこで中断していた。

しかし、金兵衛と信濃屋がつながっているとすれば、信濃屋の主が作蔵かもしれない。あるいは賊の一味と考えてもよかった。

いま兼四郎は信濃屋を見張れる縄暖簾にいた。酒をちびちびと嘗めるように飲み、格子窓越しにはす向かいにある信濃屋を見張っていた。すでに表戸は閉めてあり、人の出入りはないが、店のなかに灯りがあるのがわかる。

しかし、信濃屋の主が戻っているのかいないのかがわからない。その顔を見たいと思っているが、人の出入りはなかった。

兼四郎のいる縄暖簾は八畳ほどの入れ込みがあるだけで、近所の職人や町人らで混みあっていた。料理と酒を運んだり片づけたりする女中は、忙しく立ちはたらいていて話を聞くきっかけをつかめない。

しかし、小半刻ほどすると二組の客が帰り、少し店が暇になった。兼四郎は空いた器を片づけに来た女中に声をかけた。

「酒をくれるか。それから秋刀魚（さんま）の開きを頼む」

「はい」

「ちょっと待ってくれ」

女中がそのまま板場に戻ろうとしたので兼四郎は呼び止めた。

「他にもなにか……」

「そこに信濃屋という蠟燭屋があるだろう。主はどんな人だね？」

「どんなって……」

女中は片づけた器を持ったまま首をかしげた。

「その、太っているとか痩せているとか、愛想が悪いとか、そんなことだ」

「愛想は悪くありませんよ。会えば気さくに声をかけられます」

「歳はいくつぐらいだ？」

「五十ぐらいでしょうか。品のある旦那です。どうしてそんなことを？」

「ちょいと気になったんだ。それで、主の名前はなんというんだね？」

「喜兵衛（きへえ）さんとおっしゃいます」

女中が答えたとき、「おい、およし」という声が板場から飛んできた。女中は「はい、いま行きます」と答え、そのまま板場へ戻った。

店に新たな客が三人入ってきて、また騒々しくなった。兼四郎はおよしという女中から信濃屋の話をもっと聞きたいと思ったが、なかなかきっかけがつかめない。

そのおよしが酒を運んできた。忙しそうにしているので、兼四郎は声をかけるのをやめ、きっかけを待つことにした。

およしの他にもうひとり女中がいるが、やはり忙しく立ちはたらいている。兼四郎はちびちびと酒を嘗め、表に目を向ける。人通りは少なくなっており、夜の闇は濃さを増していた。

およしが秋刀魚の開きを運んできたとき、

「信濃屋は二人でやっているのかね。昼間、あの店で線香を買ったんだが……」

と、声をかけた。

「女房のお仙さんと喜兵衛さんの二人でなさっています。人を雇うほど忙しくないみたいです」

あの女はお仙という名か。兼四郎は店番をしていた女房の顔を思い出した。

「身内はいないのだろうか？」

「子供を見たことはありませんね」

兼四郎はよほど人相書を見せようと思ったが躊躇った。しつこく信濃屋のことを訊ねる侍がいたという噂を流されては面倒だ。人の口に戸は立てられぬ。

兼四郎は秋刀魚の開きを平らげると信濃屋の見張りを打ち切って、もう一度小泉屋に戻った。

「あら、八雲様。またお戻りで嬉しいわ」

愛想よく迎えてくれたおみちは、酔って体をふらつかせている客の肩を揺す

り、

「もうお帰りったらお帰りよ。またおかみさんに角が生えちまうわよ」

と、帰そうとしている。他に客はいなかった。

「てやんで、もう一杯飲ませろ。嬶なんか気にして酒が飲めるかってんだ。やい、おみち、酒だといってんだ」

職人らしい客はかなり酩酊していた。

「だめだめ、今夜はこれでお帰りって、ほら立って。ちゃんと歩けるのかい」

「けっ。ケチなことといいやがって。帰りゃいいんだろう帰りゃ……ひっく」

客はしゃっくりを二度繰り返し、ふらふらした足取りで店を出て行った。気をつけて帰るんだよ、と見送ったおみちが兼四郎を振り返ってあきれ顔をする。

「あの人、いつもああなんですよ。八雲様、飲み直しかしら？」

「一杯もらおう。冷やでよい。話のつづきをしたいんだ」

「あ、そうだったわね。途中でお話終わってましたからね」

おみちは酒の支度をしながら、わたしも八雲様に聞きたいことあるんですよと、ぐい呑みに酒をつぎながらいう。

「わたしに聞きたいこと？」

「ひょっとして八雲様は町方ですか？」

おみちは相手が誰であろうと、臆する女ではないようだ。生まれ持っての性格なのか、分け隔てない話し方をする。

「だって、人相書を持っていたでしょう」

「人捜しをするから作ったのだ」

「はい、どうぞ。それでなんでしたっけ？」

おみちはぐい呑みを兼四郎にわたして、大きな目で見てくる。

「金兵衛が信濃屋に出入りしていると話したであろう。よく見かけるのかね」

「何度か会った気がするんです。似ている人かもしれませんけど。わたしこう見えても、おとっつぁんとおっかさんの月命日には必ず墓参りするんで、信濃屋さんで蠟燭や線香を買うんです」

「それで最後に見たのはいつだ？」

おみちは少し考えてから答えた。

「おっかさんの月命日はこの前だったから、五日前ですよ。墓は日慶寺にあるんです」

信濃屋は日慶寺の門前だ。それに正円が金兵衛と角蔵のやり取りを聞いたのは、四日前である。おみちが見たのは金兵衛と考えていいだろう。

「信濃屋の主は喜兵衛というらしいな」

「あら、知っているんですか」

「ちょいと聞いたんだ」

「髪がうすくなって歳は取っているけど、喜兵衛さんは昔は相当女を泣かした口ですよ。ずいぶん歳は離れているけど、色っぽいお仙さんを後添い（のちぞい）にしているし」

「女房は後添いか……」

「そう聞いてますよ」

それからは世間話になった。兼四郎はぐい呑みの酒を飲みほすと勘定を頼んだ。

「おみち、おれがあれこれ聞いていることは黙っておいてくれぬか。いろいろと事情があるのだ。しばらくこの町にいると思うので、その間だけでよいから」

「へえへえ、そうおっしゃるならそうしましょう」

「これは取っておけ」

兼四郎はお代といっしょに心付けをわたして小泉屋を出た。

二

　兼四郎は宿にしている山吹屋に戻ったが、官兵衛と定次の姿はなかった。

「他の二人はまだ帰ってきておらぬか？」

　茶を運んできた女中に声をかけたのは、官兵衛と定次が一旦戻ってきたかもしれないと考えてのことだ。

「へえ、まだお戻りではありませんね」

　女中はそう答えて下がろうとしたが、

「信濃屋という蠟燭屋があるな。あの店の主は喜兵衛というらしいが、知っているかね」

　と、声をかけると、女中は膝をついたまま答えた。

「よくは知りませんが、品のいい人だという噂です。色っぽいおかみさんもちょいとした評判です」

「らしいな。仲はよいのだろうか？」

「さあ、どうでしょう。おかみさんはちょいと気が強そうですからね」

　兼四郎は二つばかり問いを重ねたが、女中は信濃屋のことをあまり知らなかった。

茶を飲みながら信濃屋のことを考えていると、廊下に足音がして、すぐに官兵衛と定次がやってきた。

「遅かったではないか」

兼四郎が声をかけると、

「作蔵のことがわかるかもしれぬ」

と、官兵衛が真顔を向けてきた。

「手掛かりをつかんだか？」

「気になる騒動があったのだ。西光寺という寺の近くに百姓家があるんだが、そこは百姓が住んでいるのではなかった。どこぞの商家の寮になっていたんだ。女中がひとり雇われていて、主の名前は作兵衛という」

「作兵衛……」

「そうだ。騒動というのは、その家で作兵衛の女房が襲われて大怪我を負っていた。主の作兵衛が留守をしているときだ。騒動に気づいたのは定次で、おれたちは人が殺されたと思い込んでいたが、死んではいなかった」

「作兵衛の女房を襲ったやつはわかっているのか？」

官兵衛は首を横に振った。

「だが、女中が顔を見ているようなのだ」

「作兵衛……作蔵という名に似ているな」

兼四郎がつぶやくと、すぐに定次が言葉を被せた。

「襲われたのは、お清という作兵衛の女房です。作兵衛は二、三日前から留守らしいのですが、お清を襲った男は出かけていた女中が帰ってくると、顔を見られるのを嫌がるように逃げていきます。ですが、女中はその男とお清の激しいやり取りを聞いています。作兵衛はどこへ行った、どこにいるか教えるんだというようなことを……」

「どこでそのことを知ったのだ？」

兼四郎は定次をまっすぐ見た。

「怪我をしたお清は下谷通新町の番屋に運ばれ、そこへ呼ばれた医者が手当てをしている間に、番屋詰めの書役らに女中が話したんです。あっしらは怪しまれるといけないので、表で立ち聞きをしたんですが……」

「番屋に運ばれたのなら、町方が出てくるのではないか？」

「それはないようです。お清の怪我はさほどひどくないし、手当てを受けながら騒ぎにしないでくれと頼んでいるんです」

「襲われて怪我をしているのに……」

「大袈裟（おおげさ）にしたくない、内輪（うちわ）のことなので放っておいてほしいということです」

「それじゃお清は、襲った相手のことを知っているのだな」

「内輪のことだといっているので知っているはずです。ですが、お清は相手が誰であるか口をつぐんでいます」

「そのお清はいまどこにいるんだ？」

「家に戻っています。話を聞きたいんですが、女中がそばについているし、襲ったやつがまた戻ってくるのを警戒してか、村役もいっしょです」

「そんなところへのこのこ出て行ったら怪しまれるだろう。それで様子を見て戻ってきたんだが、明日の朝は直接訪ねてみようと思う」

官兵衛はそういって、腹が減ったとぼやいた。

「作兵衛というのが、正円が聞いた作蔵なら、賊の一味と考えていいだろう。じつはおれにもわかったことがある。この近くに信濃屋という蠟燭屋がある。その店に金兵衛が出入りしているようなのだ。店の主は喜兵衛で女房はお仙という。今日は、喜兵衛は留守でいなかったが、その店に金兵衛があらわれたのは五日前だ。正円はその翌る日に、金兵衛と角蔵の話を聞いている。つまり、金兵衛は作蔵の行方を知り、その翌日に角蔵に話したと考えられる」

「旦那、もしそやつらが賊一味なら、信濃屋は盗人宿ではないでしょうか。盗賊は盗みばたらきをやるときはいっしょに動きますが、そうでないときには盗人宿を通して互いに沙汰しあうといいます」

町方の手先仕事をしていた定次の弁だ。

「賊は動きはじめている。これまでのことを考えるとそうではないか。おそらく金兵衛は金を持ち逃げしている疑いのある作蔵の行方を知り、角蔵に伝えた。そして、角蔵は日を置かず借りていた長屋を引き払った。今日は作蔵と名の似ている作兵衛という者の家に誰かがやってきて、女房のお清を問い詰めて乱暴をはたらいている。そのお清はおかしなことに、内輪のことだから大袈裟にしないでくれと、番屋で話した。そうだな」

兼四郎は官兵衛と定次を眺める。二人はそうだという顔でうなずいた。

「明日、おれは信濃屋を見張る。官兵衛、おぬしは定次といっしょにそのお清の家に行って詳しい調べをしてくれるか」

「旦那がおっしゃるように、あっしも賊たちは大きく動く気がします。それは明日かもしれません」

定次は真剣な顔を兼四郎と官兵衛に向けた。

三

上野東叡山の東に屏風坂があり、その一角に下谷車坂町がある。

〝屏風坂の権兵衛〟こと天野権兵衛はその町に住んでいた。白髪に白眉、頬骨が張り、吊りあがった目、厚い唇。そして白皙の男だ。

歳は五十を少し過ぎたぐらいだが、中肉中背ながら人を威圧する空気を身に纏っている。

権兵衛は静かに動かしていた茶筅を脇に置き、茶碗を喜兵衛に差し出した。

その小座敷には小振りの風炉が置かれ、権兵衛の脇には一揃いの茶道具があった。床の間に水墨画が一軸、床柱には一輪挿しがあり、芙蓉の花が投げ込まれていた。

行灯のあかりが権兵衛と喜兵衛の影を壁に映していた。

「お手前頂戴いたします」

喜兵衛は作法どおりに茶を喫し、茶碗を鑑賞した。

「今宵は備前でございましたか。よい器です」

「さように見えるか。安物であるぞ」

権兵衛はふっと口許に笑みを浮かべ、

「それで作蔵の一件はいかがした？」

と、喜兵衛をまっすぐ見た。

喜兵衛は少し顔を硬直させた。権兵衛に接すると、普段の落ち着きをなくしてしまう。どうしても気後れするのだ。それでもなくてはならない大事な人である。

「金兵衛と角蔵が動いています。今夜あたり始末をつけるはずです」

「作蔵の始末はともかく、大事なのは金だ。あやつを信用したばかりに、持ち逃げされるとは思いもいたさぬこと。金を取り戻さなければ、つぎなるはたらきができぬのだ」

「ごもっともなことでございます」

「して、金兵衛と角蔵は調べを終えているのであろうか？」

「大まかに調べは終わっています。絵図面もこれに……」

喜兵衛は懐から畳んだ紙を取りだし、権兵衛の膝許に広げて置いた。屋敷の図面だった。

権兵衛は白眉を動かしながらその図面を食い入るように見た。

「普請にあたった大工から手に入れたもので、間違いはないはずです」

喜兵衛が言葉を足すと、権兵衛がゆっくり顔をあげた。

「仲間の手はずはどうなっておる？」

「まだ声はかけておりません。先に作蔵を始末し、金を取り戻さなければなりませんので」

「急ぐのだ」

「はい」

「金を取り戻してこい。今度の〝仕事〟でわしは隠居する。そのためにも、なんとしてでもやりおおせねばならぬ。喜兵衛」

「へえ」

「長らく日陰の道を歩いてきた、わしの花道にしなければならぬのだ。しくじりは許されぬ」

白眉の下にある鋭く吊りあがった目で凝視されると、喜兵衛はぞくりとする。

「はは……」

「吉報を待っている」

権兵衛は行けといわんばかりに首を振った。

「では、これにて失礼いたします」

喜兵衛はそのまま茶室を出た。玄関へ行くと、控えの間から老女が出てきて、

「ご苦労様でございました。お気をつけてお帰りくださいまし」

と、火を点した提灯を喜兵衛にわたし、丁寧に両手をついて頭を下げた。

喜兵衛はそのまま権兵衛の家を出た。表は濃い闇に包まれている。雪駄(せった)の音を殺しながら歩く喜兵衛は、ふっと息を吐き、気持ちを引き締めるように口を引き結んだ。

夜風が冷たくなっており、道端の草叢で虫が鳴いていた。

(角蔵は作蔵を見つけただろうか……)

そのことが気になっていた。

(お頭(かしら)が隠居すると……)

喜兵衛は少なからず驚いていた。まさか権兵衛が今度の盗(つと)めを最後にするとは思ってもいないことだった。

しかし、権兵衛はいったのだ。

――今度の〝仕事〟でわしは隠居する。

空耳ではなかった。

喜兵衛は足を速めた。夜道に人通りはない。星の浮かぶ空に痩せた月。そして、虫の声に犬の遠吠えと梟の鳴き声がまじった。

両側に町屋が列なっているが、軒行灯のあかりはもう絶えていた。竜泉寺の近く、下谷金杉上町に入ると、脇道にそれて一軒の家の前に立った。

「喜兵衛だ」

こんこんと戸を小さくたたいて、抑えた声でいった。

屋内に物音がして、すぐに戸が開かれた。あらわれたのは角蔵だった。

「お頭に会ってきた。作蔵のことはどうなった?」

喜兵衛は後ろ手で戸を閉めてから角蔵に問うた。

「それが、作蔵はあの家にいなかったんです」

告げられた喜兵衛は、居間で酒を飲んでいた金兵衛をにらんだ。

「いなかったとはどういうことだ?」

「留守だったんです。それでやつの女を締めあげたんですが……」

喜兵衛は居間にあがって口をつぐんだ金兵衛の前に座った。

「作蔵は捕まえていねえのか？」

「女を締めあげて居所を白状させようとしたんですが、そこで邪魔が入ったんです」

「邪魔……」

「へえ、作蔵が雇っている女中のようでした。顔を見られるとまずいんで、そのまま飛び出してきたんですが……」

「それじゃおまえのことが作蔵に知られたのではないか。もしそうなら、逃げられる。やつは金を持っているんだ」

「わかっています」

喜兵衛は金兵衛の胸ぐらをつかんで引き寄せてにらみつけた。

「てめえ、わかってますと、よくいえたもんだ。のうのうと酒を飲んでいやがって……」

喜兵衛は金兵衛を強く押した。押された金兵衛は、後ろ手をついて恨みがましい目を向けてきた。

「今度は大仕事なのだ。そのための支度金がなけりゃ動きが取れねえだろう。お頭はしくじりは許さねえとおっしゃってる。どうしてくれる、ええ」

「明日あの家を見張って作蔵を捕まえますよ」

「やつが今夜戻っていたら逃げられるかもしれねえだろう」

「そ、そりゃ……」

「やつが隠れていた家はわかってるんだな」

「わかっています」

「だったらいまから様子を見に行け。角蔵、てめえもいっしょに行くんだ」

喜兵衛は廊下に立っている角蔵にも命じ、

「おまえたちだけじゃ心配だ。おれもついていく。金兵衛、案内しろ」

といって、立ちあがった。

四

旅籠の朝は早い。早立ちの泊まり客がいるからだ。板場では朝食の準備のために料理人たちが夜の明ける前から立ちはたらき、女中たちもそれに合わせて勤めにやってくる。

兼四郎たちも板場から聞こえてくる物音や話し声で目を覚ました。廊下を行き来する泊まり客の足音も聞こえてくる。

「顔を洗ったら早めに出よう」

夜具を払って起きた兼四郎は、隣の間にいる官兵衛と定次にいって井戸端へ行った。

出立の支度を終えた旅人が廊下を行き交い、宿の者たちと挨拶を交わしていた。

兼四郎はざっと顔を洗っただけで部屋に戻った。髭（ひげ）を剃りたいが、今日はあきらめる。手早く着替えを終えると、官兵衛と定次に顔を向けた。

「おまえたちは昨日の百姓家を頼む。おれは信濃屋の見張りをするが、おまえたちとどうやって連絡を取りあおうか？」

「おれは定次といっしょに動くのだ。兄貴の居所がわかっていれば、定次が使いになってくれるだろう」

官兵衛が顎をさすりながら顔を向けてくる。

「おれのほうでなにか動きがあったならば、いかがする？」

官兵衛は定次と顔を見合わせ、

「そのときはどうするかなぁ……」

と、首をかしげる。

「とりあえずあっしが一刻ごとに旦那のもとへ行くことにしやしょう。他に手立てがないでしょう」

　定次がそういうので、

「それでよいか」

　と、兼四郎は納得した。

　朝餉を急いで食べ終えると、兼四郎たちは山吹屋を出た。通りには朝靄（あさもや）が立ち込めていて、早立ちの旅人たちが江戸市中に向かっていく姿がいくつかあった。

　兼四郎は信濃屋の前にある畳屋の一画を借りることにした。その畳屋はまだ店を開けていなかったが、表戸が開いたら頼むつもりだ。

　官兵衛と定次が歩き去ると、兼四郎は商家と商家の間にある路地に入って、信濃屋の見張りを開始した。

　その頃、信濃屋の居間で喜兵衛とお仙が向かい合って食事をしていた。

「あんた、あんまり寝ていないんじゃないの？」

　お仙が箸を止めて喜兵衛を見た。

「夜更けに帰ってきたのはいいけど、それからいくらもたっていないじゃないの」

「悠長なことはしてられんのだ」

喜兵衛は箸でつまんだ沢庵を口に入れ、飯をかき込み、味噌汁を飲んだ。

「作蔵を捕まえるんだね」

「捕まえるんじゃねえ。やつは裏切り者だ。放っておくわけにはいかねえ。だが、その前に金を取り返さなきゃならん」

「わたしゃ端っからあの男はくせものだと思っていたんだ。お頭が作蔵を勘定掛にするといったから黙っていたけど、あのときちゃんといっておきゃよかった」

「いまさらそんなことといったって遅いだろう」

お仙はひょいと首をすくめる。

「それでお頭は今度の盗めで隠居するってほんとうかい？」

「お頭がそうおっしゃったんだ。おれはそのことをこの耳で聞いている。嘘じゃねえさ。茶をくれるか」

お仙は台所に行き、茶を淹れて戻ってきた。

「店はどうするの？　またわたしは留守番するの？」

喜兵衛はお仙の顔を眺めた。お仙が仕事を嫌っているのはわかっている。留守を預からせるたびに、露骨にいやな顔をする。

男好きのする器量よしだが、もともとはすっぱな女だ。若い魅力に負けて情婦(イロ)にしたが、いずれ別れようと考えている。もっともそんなことはおくびにも出さないし、喜兵衛の胸のうちを読める女でもない。

それにお仙は歳の離れた自分とうまく付き合っているが、それは金のためと贅沢をするためだ。女房を気取らせているが、それは表向きで人の女房になれる女ではない。

「店は開けなくていいが、角蔵か金兵衛を使いに出すかもしれねえから、裏の戸は開けておけ」

「わかったわ。で、わたしは外出をしていいの?」

「近所だったらかまわねえ。だが、長い間空けておくんじゃない。仲間を集めることになれば、この家への出入りが増えるからな」

「わかったわ。それで、つぎの盗めはいつやるんだい?」

「近いうちだ。お頭もその腹だ。だが、その前に支度金を作蔵から取り返さなきゃならねえ」

「お頭は金を持っていないのかねえ」

お仙は、支度金ぐらい屛風坂の権兵衛が持っていて当然だろうと思っているのだ。

「お頭はお持ちかもしれねえが、作蔵が横取りした金は取り返さなきゃならねえ。そうだろう」

「まあね」

「おれはそろそろ様子を見に行ってくる。うまくいってりゃ、昼には帰ってくる」

喜兵衛が立ちあがって裏の勝手口に行くと、お仙もあとをついてきて、

「気をつけて行っておくれ」

と、送り出してくれた。

五

官兵衛と定次は杉木立のなかに入って見張りをはじめた。足許の草も木々の葉も朝露（あさつゆ）に濡れ、あわい光を照り返している。

目の前の百姓家は紗（しゃ）をかけたような朝靄に包まれ、朝餉の支度をしているのか家の裏から煙が流れていた。

「この家の主が作蔵なら、また賊の仲間が来てもおかしくはない」

官兵衛は無精髭を片手で撫でながらつぶやく。

「家の主は作兵衛と聞いていますが、人ちがいってことはないでしょうね」

定次は樹間越しに見える百姓家に目を注いでいる。

「作兵衛か作蔵か、どっちがほんとの名かわからんが、お清を襲った男は作兵衛を捜している。作兵衛が作蔵なら、お清を襲ったのは賊の仲間と考えていいはずだ」

ぼそぼそとそんな話をしていると、雲の割れ目から朝日がさあっと射し、林のなかにいくつもの筋を作り、鳥たちの声が急に高くなった。

「昨夜は村役がいましたが、まだいるんでしょうか？」

定次が官兵衛を見て聞いた。

官兵衛はそのことを考えていた。もし、村役がいなければ、このまま訪ねて行こうかと気を逸らせていたのだ。しかし、ここは用心だと自分にいい聞かせる。

せっかく人相書を作り、賊を捜す手掛かりをつかみかけているのだ。

（ここでしくじることはならん……）

官兵衛は内心でつぶやき、

「もう少し様子を見ようではないか」

と、定次に応じた。

それからほどなくして村道を辿ってくるひとりの男があらわれた。百姓地にしては身なりのよい男だ。格子縞の小袖に路考茶の羽織、手には巾着を提げていた。歳は五十前後ですらりとしている。

「誰だ？」

官兵衛は目を光らせた。

定次も食い入るような目であらわれた男に視線を注ぐ。

「あの家に行きましたよ」

男は百姓家の戸口に立ち、訪いの声をかけた。すぐに戸が開かれ、女中と短いやり取りをしたあとで家のなかに消えた。

「村役か？」

官兵衛が疑問を口にする。

「そうは見えませんでしたが……そうなら、昨夜のことを聞きに来たのかもしれません」

「昨夜いた村役は帰ったのかな？」

ぐらせた。

「……様子を見るか」

官兵衛はそういって、どこかに腰を下ろすところはないかとあたりに視線をめぐらせた。

「どうでしょう」

作蔵の家に入った喜兵衛は、座敷にいるお清を見た。お清の顔には驚きと畏怖がない交ぜになっており、体を硬直させた。喜兵衛は作り笑いを浮かべ、

「お清さん、久しぶりでございますね」

と、信濃屋の主らしい言葉遣いをした。お清は表情をかたくしたまま黙っている。

「朝早くからお邪魔でしょうが、折り入ってのお話があるんです」

喜兵衛はそういって台所にいる女中をちらりと見た。この女中がどういう雇われ方をしているかわからないが、話は聞かれたくない。

「お清さん、内密な相談でございます。奥のほうでできませんか」

喜兵衛はお清が座っている座敷の奥にも部屋があるのをめざとく見ていた。お清はかたい表情のまま戸惑い怖れている。

「女中さん、すまないが少し表に出ていてくれないか。お清さんと大事な話をしなければならないんだよ。忙しいときにすまないが、すぐに終わるから」

女中は一度お清を見て、おとなしく戸口のほうへ向かった。女中はまだ若い。おそらく近所の百姓の娘だろう。

その女中が戸口を出たのを見て、喜兵衛は座敷にあがった。最前の笑みを消し、目を険しくしてお清をにらむ。お清はいざるように後ろに下がった。

「お清、作蔵の野郎はどこにいる？」

喜兵衛はお清を射竦めるように見る。

「昨日、金兵衛が来たな。やつも作蔵のことを聞いたはずだ。なんでおれがここに来たかわかるか？」

お清は怯えたように黙り込んでいる。

「作蔵の野郎はお頭の支度金を横取りして逃げやがった。どこに逃げたかわからなかったが、まさかおれが盗人宿にしている店の近くだったとは思いもしなかったぜ。え、お清？　それにおめえが作蔵とつるんでいたとは……。よくも仲間の目を誤魔化したな」

喜兵衛は手を伸ばしてお清の顎をすっと持ちあげた。

「作蔵はどこだ?」

「知りません」

喜兵衛は眉間にしわを寄せた。

「知らねえことはねえだろう。正直にいうのが身のためだ。作蔵はどこにいる?」

「……仕事をしに行ってんです」

「仕事?」

喜兵衛は眉宇をひそめ、小首をかしげた。

「仕事ってのはなんだ?」

「盗めをするための……下調べです」

「ほう。あの野郎、独りばたらきでもやるつもりか。なるほど、そういうことだったかい。それでどこへ行ってんだ?」

お清はわかりませんと首を振る。

「ここへ戻ってくるんだな」

喜兵衛はお清を凝視する。

「今日か明日には帰ってくるはずです」

「金はどこにある? お頭の支度金だ。どこに隠してる?」

「わたしは知らないんです」

「お清、正直にいうんだ。おめえらは掟破りをしている。それがどういうことだかわかってんだろうな。金の在処を教えてくれたら、おめえは逃がしてやる。金か命か、どっちを取る」

「ほんとに知らないんです」

喜兵衛はふうと大きく息を吐いた。この場でお清を殺してもよいのだが、邪魔な女中が表にいる。喜兵衛はどうしようか短く思案した。

「作蔵は今日か明日には戻ってくるんだな」

「そんなことをいってましたから……」

お清は逃げ場を探すように視線を泳がせ、救いを求めるような目を戸口のほうに向けた。

「それじゃ作蔵が戻ってくるのを待とうじゃねえか」

お清はびくっと肩を動かした。血の気のない顔になっている。

「おめえは逃げようと思っているかもしれねえが、この家は仲間が見張っている。逃げるような素振りを見せたら、おめえの最後だと思え。……わかったな」

喜兵衛はぴたぴたとお清の頬をやさしくたたいた。

「あの女中はやめさせるんだ。ま、いい、おれが代わりにやめさせてやる」

喜兵衛はそのまま立ちあがり、

「逃げようなんて思わねえことだ」

と、釘を刺して座敷から土間に下りると、戸口の外に立っている女中に声をかけた。

「おまえさん、お清さんからいわれたんだがね。このまま家に帰っていいそうだ」

女中は、えっと驚きの顔をした。十七、八の女で、色の黒い貧相な顔をしていた。

「給金は三日ばかり後に払うそうだ。だから、もう家に帰っていいよ」

「で、でも……」

女中は戸惑いながら家のなかを見た。

「荷物があるなら取ってきなさい。とにかくそういうことだから」

喜兵衛にいわれた女中は、土間に入って一度座敷を見、それから台所そばに置いていたらしい、自分の手拭いや半纏(はんてん)を持って戸口から出てきた。

「ご苦労様でしたね」

喜兵衛は口の端に笑みを浮かべて女中にいった。

六

「どういうことだ？」

官兵衛はやって来た男に見送られる恰好で、庭を出て行く女中を見ていた。

「あの男なにもんでしょう」

「定次、あの女中を尾けて話を聞いてこい」

「へい」

定次はひょいと立ちあがると、木立のなかを抜けて家を出て行った女中を追いはじめた。

官兵衛は庭にいた男が、また家のなかに戻ったのを見た。昨夜いた村役ではないのはたしかだが、いったい何者なのかわからない。

しばらくすると、その男がまた戸口からあらわれて庭を出て行った。一度家のほうを振り返り、少し迷ったようだが、そのまま歩き去った。

官兵衛はその男を見送ると、家を眺めた。すでに日は高くなっており、目の前の百姓家は明るい日射しに包まれている。

いまその家にはお清という女しかいないはずだ。訪ねてみようかと、官兵衛は迷った。腰を浮かしかけまた下ろす。

「ええい、どうしたものか」

我知らずぼやきが漏れる。行って話を聞けばいいだろうが、さてどんな話を聞けばいいかと考える。無闇なことは口にできない。賊と関わりがあるのかどうかも定かではない。

官兵衛がひとりやきもきしながら迷っていると、木立の向こうに人影がちらついた。百姓家の裏のほうである。

近くの百姓かもしれないと思ったが、その人影はすぐに見えなくなった。官兵衛はため息をついて定次が去ったほうに目を向けた。まだ戻ってくる様子はない。

兼四郎は信濃屋と通りを挟んだはす向かいにある畳屋にいた。畳屋の亭主は兼四郎の相談を受け、心付けをもらうと、二つ返事で戸口横の場所を貸してくれた。女房が茶菓を運んでくるという親切だ。

信濃屋のことを聞いたが、亭主はあまり付き合いがないらしい。ただ、喜兵衛という主は会えば気持ちよい挨拶をしてくるという。お仙という女房は気の強そうな顔をしているが、こちらも愛想はいいという。

「出入りの客のことなんか気にしてませんからね。ほら、富士山を毎日見てりゃ、そのうち気にもかけなくなるというでしょう。そんな按配です」

畳屋の亭主はのんびり屋のようだ。

その亭主の仕事を横目に信濃屋を見張りつづけている兼四郎だが、信濃屋の表戸は閉まったままで、店を開ける気配がない。

いつしか目の前を行き交う人の数が増えていた。高く昇った日は店を開けない信濃屋に降り注いでいる。

官兵衛と定次の見張りはどうなっているだろうかと、頭の隅で考える。なにか動きがあれば、定次がやってくるはずだが、まだその様子はなかった。

(腰を据えて見張るしかないか)

兼四郎は内心にいい聞かせて、胡座(あぐら)を組み替えた。

直吉は池田屋の奥にある小座敷に、ぽつねんと座っていた。

主の央蔵が親切をしてくれるので居座っている恰好だが、決して望んでいることではなかった。それでも央蔵がおっかさんを捜してやるといってくれている。直吉は江戸に知己がない。頼れる人もいない。いま頼れるのは央蔵だけである。

早くおっかさんに会って、いっしょに家に戻らなければならない。おとっつぁんはどうしているだろうかと心配にもなるが、面倒見のよい親戚の叔母さんがいるから大丈夫だと自分にいい聞かせていた。それでもいつまでも迷惑をかけてはならないというのは子供心にもわかる。

池田屋は立派な料理屋で、繁盛していた。主の央蔵は店の切り盛りで忙しいそうだが、他の奉公人たちも直吉の事情を知ったせいかみんな親切だ。

今日はおっかさんに会えるだろうか……。そんな思いを胸に、縁側の遠くにある空を眺めた。

そのとき廊下に足音がして、座敷に央蔵がやってきた。

「直吉や直吉や、おまえさんの母親のことがわかったよ」

開口一番にそういって直吉の前に座った。直吉は目を輝かせた。

「どこにいるんですか?」

「いやいや、それが困ったことなんだよ」

央蔵は急いでやってきたらしく、手拭いで額の汗を拭いてから言葉を足した。

「この店の上客で、酒井式部様とおっしゃるお殿様がいらっしゃるんだ」

直吉は目をしばたたく。殿様というと、どこの大名だろうかと思う。

「その殿様とばったり八幡様の前で会ってね、わたしの店に杉戸宿のほうからおえいという女がはたらきに来なかったかとおっしゃる。はて、それはどうしたことかと首をかしげると、殿様が丁寧にお話をしてくださったのだよ」

その話というのは、こういうことだった。

酒井式部は深川を流れる仙台堀の近くに屋敷を持つ旗本で、日光道中・杉戸宿の近くの村に采地を持っていた。めったに自分の采地には行かないが、浅間山が焼けてから自分の所領がひどい惨状だという話を聞いて、三月ほど前に出かけていった。

話で聞いたとおり采地の田畑は浅間山の灰を被りひどいことになっており、野菜も米も取れなくなっていたが、ようやくその土地が生き返ってきたと知り、少し胸を撫で下ろした。

「その殿様が村にある自分の知行地をまわっておられるときに、どうやらおまえさんのおっかさんに会ったらしい。村にいては暮らしがきついので、江戸によいところがあればはたらきに出たいと相談をしたそうだ。やさしい殿様だから、それなら心あたりがあるとおっしゃって、わたしの店で雇うようにという書付をわたされたそうなのだ」

「はあ……」

直吉は目をまるくして央蔵の動く口を見つめていた。

「わたしもあの殿様の仲立ちなら断れない。もし、おまえさんのおっかさんが来たら雇っていただろう。しかしね、来ていないのだよ」

央蔵は垂れた眉をさらに垂らして申しわけなさそうな顔をする。

「だから、おまえのおっかさんが江戸のどこにいるかはわからないのだ」

「……」

直吉は心細さを募らせ、急に悲しくなった。

「それでよく考えたんだけどね」

「はい」

膝許に視線を落とした直吉は顔をあげた。

「江戸は広い。いろんな商売をする店がたくさんある。おっかさんはどこかではたらいているのだろうが、捜しようがない。悪いことはいわないから、おまえさんは家にお帰りなさい。おとっつぁんもそういうことを話せばわかってくれるだろう」

「それじゃおっかさんには会えないんですか……」

直吉は蚊の鳴くような声を漏らした。ほんとうに泣きたくなった。

「気の毒だけど捜すのは難しい。路銀はないようだから、わたしが持たせてあげる。ひとりで江戸までやってきて無駄足になったけど、親のいる家には早く帰ったほうがいい。そう思うんだけどね」

直吉は口を引き結んで、膝許に視線を落とした。

「これから発（た）つのは遅いだろうから、今夜ひと晩この店に泊まって、明日の朝早く出ていくというのはどうだろうか。途中までうちの女中が送るようにしてあげるから、そうしなさい。わかるかね」

直吉はうなだれたまま、こくんとうなずいた。

七

官兵衛は百姓家を見張りつづけていたが、なんの変化もない。木立を吹き抜ける風の音と鳥の鳴き声がするだけだ。

目の前の百姓家にはお清しかいないはずなのだが……。それともまだ昨夜いた村役がいるのか……？

どうもその辺のことがわからない。定次が遅いなと一方を見るが、村道には人の影さえなかった。

先ほどお清のいる百姓家の裏に人影が見えたが、あれは百姓だったのかと考えた。ほんの一瞬だったので見極められなかったのだ。気になるので裏にまわってみようかと腰をあげかけたときに、左手の道から足早に戻ってくる定次が見えた。

官兵衛は浮かしかけた尻を下ろした。

「官兵衛さん、この百姓家はなんだかおかしいです。それに昨夜お清を襲った男は金兵衛かもしれません」

「なんだと……」

官兵衛は細い目をみはった。

「女中はこの家の作兵衛という男に雇われていたんですが、さっき急に暇を出されてわけがわからないというんです。さっきの男のこともよくわからないと。もうあの家には戻らないようだから、人相書を見せたんです。すると、昨夜お清の首を絞めていた男が金兵衛に似ているような気がすると……」

「すると、お清の亭主は作兵衛ではなく作蔵ってことか……」

「ひょっとすると、そうかもしれません」

「暇を出された女中は、作兵衛か作蔵かわからんが、そやつがどんな仕事をしているか知っているのか？」

「わからないといいます。ときどき侍を家に招いて酒を飲んだりするらしいですが、仕事の話は一切しないらしいので……」

「女中はどこの出なんだ？」

「西のほうの村の出です。百姓の娘で給金がいいので三月前に雇われ、作兵衛とお清夫婦の世話をしていただけです。詳しく聞いても作兵衛のこともお清のこともよくわかっていません」

「もし、お清を襲ったのが金兵衛だったら……」

　官兵衛は木立の先に見える百姓家に目を注ぐ。

「定次、あの家の裏はどうなっているんだ？　さっき裏から家のなかに入った男がいたように見えたんだ。そう見えただけかもしれぬが気になる。よし、おれが見てこよう。定次、ここを動くな」

官兵衛は立ちあがると木立を抜けて細い道に出、家の裏につながるさらに細い道を辿った。その道は百姓家の裏から西光寺の東側に抜けられるようになっていた。そばを用水が流れ、竹林があり、その先は百姓地だった。

問題の百姓家の裏は竹の生垣になっていて、粗末な木戸が設けられていた。そこから出入りできるのだ。試しに戸を開けようとしたが、内側に閂（かんぬき）がかかっているらしく開く様子がない。力ずくで開けるのは容易いが、いまは控えるべきだ。

官兵衛はそのまま家のまわりを歩いて定次のいる場所に戻った。

「誰かいましたか？」

官兵衛は定次に首を振り、

「なにも変わったことはないか？」

と、問うた。

「官兵衛さん、訪ねてみるってのはどうでしょう？　あっしならそう疑われない気がするんですが……」

定次は棍棒（こんぼう）を懐に呑んではいるが刀は差していないし、股引（ももひき）に着流しを端折（はしょ）っているだけだ。それに人なつこい丸い顔をしている。

「そうだな。様子を見るのは悪くないだろう」

定次は立ちあがると村道に出て、百姓家の表にまわりこんで庭に入っていった。

金兵衛と角蔵は喜兵衛から指図を受けると、作蔵が隠れていた百姓家を見張っていた。家のなかにお清がいるのはわかっている。お清を人質にして作蔵を捕まえることも考えたが、まずは作蔵があの家に戻るのを待てと指図されていた。押さえるのはそのあとだ。

だが、金兵衛と角蔵には気になることがあった。ついさっき、作蔵の百姓家を監視するように見ていった侍がいたのだ。大柄で肥えた男で目が細かった。何者だと金兵衛は、角蔵と顔を見交わしていた。作蔵の仲間だというのは考えにくい。

だから金兵衛は、少し様子を見ようと角蔵にいったばかりだった。ところがそれからいくらもたたず、ひとりの男が作蔵の家の庭に入ったのだ。

小袖を尻端折りして股引というなりだ。その辺の商家の奉公人か、どこぞの中間のような男だった。

「あいつ何者だ？」

　金兵衛は庭に入った男を凝視した。わからねえと、角蔵がつぶやく。

　二人は作蔵の家の北側にある納屋にいるのだった。壁が崩れ屋根が傾いている古い納屋で、近所の百姓がかつて農具や堆肥を入れていた建物だった。

　金兵衛は作蔵の家の庭に入った男を凝視した。男は戸口に立つと、訪いの声をかけて戸の開くのを待った。一度背後を振り返り、戸が開くとお清と短いやり取りをした。

「金兵衛、どうする？」

　角蔵が聞いてくる。

「あいつなにを話してんだ？　作蔵の使いだったら、おれたちのことが知れちまうぞ」

「近所の町屋の奉公人かもしれねえ」

「お清が言付けを頼んで作蔵に知らせるなんてことはねえだろうな」

「そりゃまずいぜ」

　角蔵はそういって尻を浮かした。そのときお清とやり取りをした男はきびすを返して庭を出て行った。戸口を開けていたお清が、用心深そうな顔で表を見てから戸を閉めた。

「どうする?」

角蔵が金兵衛の肘をつついた。金兵衛は庭を出て行く男をじっと眺め、

「おめえはここにいろ。あとを尾けて何者か調べてくる。作蔵の差し金かもしれねえからな」

といって、懐に呑んでいる匕首(あいくち)をたしかめて立ちあがった。

第五章　すれ違い

一

作蔵の家を出た男は村道に出ると、町屋のほうではなく作蔵の家の南側にある杉木立のほうへ向かった。

金兵衛はその男との距離を詰めた。雑木林の裏で、そばには火葬寺がある。男が気配に気づいたのか立ち止まって振り返った。驚いたようにみはった目に警戒の光を宿した。

「おい、話がある」

金兵衛は近づいた。男が懐に手を入れたので、金兵衛は間合い二間で立ち止まった。

「おめえさん、あの家になんの用があったんだ？」

男は人好きのする顔をしているが目だけは鋭い。にらむような視線を向け、短い間を置いた。

「……いきなりなんだい。お清さんに用があっただけだ。あんたは……」

男は目をそらさない。こいつはその辺の町人ではないなと金兵衛は思った。作蔵の仲間か？

「どんな用があったんだ。おれはお清の知り合いだ」

「だろうな」

男の返答に、金兵衛は眉宇をひそめた。

「おめえ、もしや作蔵の仲間か？」

男は片眉を動かし、かすかな笑みを浮かべ、

「作蔵というのは誰だい？　お清さんの連れ合いは、作兵衛さんというんだけどな。ところであんたはお清さんとどういう間柄なんだ。昔からの知り合いなのかい？」

と、相変わらず視線をそらさず聞いてくる。

「そんなこたぁおめえに答える必要はねえ。おめえ、どこの何者だ？」

「人にものを訊ねるときゃ、先に名乗るのが礼儀だろう」

金兵衛は男の物いいが気に食わなかった。尖った顎を片手で強く撫でながら殴り倒してやりたい衝動に駆られた。だが、内心の怒りを必死に抑え、

「どこへ行くんだ？」

と、問うた。

「そんなのはおれの勝手だ」

「てめえ……」

金兵衛は相手に詰め寄った。懐に呑んでいる匕首をつかむ。

「なんだい、喧嘩でも売ろうってのかい……」

脇にある藪が風を受けてざわざわと騒いだ。

金兵衛は奥歯を嚙んで怒りを抑え、

「用がねえなら行くんだ」

と、顎をしゃくった。

男はなにかいおうと躊躇い、口を引き結び、そのまま二間ほど下がってから歩き去った。

金兵衛は男の姿が見えなくなるまでその場に立っていた。

官兵衛は定次が百姓家から出たのを見ていたが、帰りが遅いので気になっていた。

（あいつ、どうしたのだ）

と、尻を浮かしかけたときに、木立の入り口に定次があらわれ、背後の道を警戒するように眺めて、官兵衛のそばにやって来た。

「官兵衛さん、金兵衛に会いましたよ」

「なに……」

「お清の家から出たところで、後ろから声をかけられたんです。すぐに金兵衛だとわかりました。それから作蔵の仲間かと聞きやがった。やはり、作兵衛ではなくあの家を借りているのは作蔵なんです」

「金兵衛はどこへ行った？」

「わかりません。もう少しで渡り合いになりそうでしたが、やつは下手な騒ぎを起こすのは得策じゃないと思ったらしく、あっしに行けと顎をしゃくりやがった。あっしはよっぽどおめえは金兵衛だなといってやろうかと思いましたが、すんでのところで堪(こら)えました。だけど、やつは近くで作蔵の家を見張ってんです」

「それじゃ、おれが人影を見たのは気のせいではなく、やつだったのかもしれぬな。それでお清とはどんな話をしたんだ？」

「あっしは番屋の者だが、昨夜あんたは変な男に襲われたらしいね。親方にいわれてあんたの様子を見に来たんだと話し、亭主はいつ帰ってくるんだと訊ねましたが、今日か明日かよくわからないといいます。やつれた顔をしていて、見るからに戸惑っていました」

「戸惑っていたってのは……」

「目に怯えがあったんで、あの家から逃げたがっているんじゃないでしょうか。村役がいるんじゃないかと思いましたが、その様子はなく、お清はひとりでした。なにか不自由していないかと聞いても、心配はしなくていいといいます。困っていることがあったら相談に乗るといいますと、迷ったように少し考えてからなにもないと答えました。あれこれ聞くと不審に思われそうなんで、やり取りしたのはその程度です。ですが、お清が怯えているのは見張られていると知っているからなんですよ。その証拠に金兵衛があらわれて、あっしに声をかけてきましたからね」

「金兵衛はひとりだろうか……？」

「おそらく角蔵と見張っていると考えていいはずです。他に仲間がいるかもしれませんが……」

「すると、金兵衛らは作蔵が帰ってくるのを見張っているんだな」

「そういうことでしょう。そして、お清はそのことを知っているはずです。知らなかったらとっくに家を出ているでしょうが、そうではない」

「そうか、それじゃどうするかな」

官兵衛は視線をめぐらしたあとで、作蔵の家を眺めながら言葉をついだ。

「あの家はおれたちと金兵衛らに見張られているってわけか。兄貴をこっちに呼んだほうがいいんじゃないか」

「そうですね。作蔵が戻ってきたらひと騒ぎ起こるでしょうから」

「金兵衛らはおれたちのことに気づいているだろうか？」

定次は首をかしげながら、それはわからないと答えた。

「やっぱ兄貴を呼ぶか。定次、ひとっ走りしてくれ。くれぐれも金兵衛らに見つからないようにしな」

「承知です。遠まわりして行きます」

定次は背後の雑木林を振り返り、あちらから行きますと腰をあげた。

二

「作蔵の仲間だったらお清に何か知らせたってことにならねえか。あるいは、作蔵からなにかお清に知らせがあったのかもしれねえ……」

話を聞いた角蔵は、げじげじ眉を動かし、大きな目をさらに大きくして金兵衛を見た。

「そんなことは聞けねえだろう。なんの関わりもねえやつだったかもしれねえし」

「だが、お清とあの男はなにか話をしたんだ。そうじゃねえか」

「だったらどうする？」

金兵衛は舌打ちをして考え込んだ。角蔵はそんな金兵衛にあきれ顔をして、

「おめえはどこか抜けてるからな」

と、小言をいった。

「なら、どうすりゃよかったというんだ。いってみやがれ」

金兵衛は顔を紅潮させた。

「まあそう苛つくんじゃねえ」

「おめえが苛つかせるようなことをいうからじゃねえか。偉そうな口をたたきやがって」

「かっかするんじゃねえよ。こんなところで仲間割れするこたァねえ。だが、さっきの野郎のことは、喜兵衛さんに知らせたほうがいいかもしれねえ。ここでまた作蔵に出し抜かれたらもともねえからな」

「おめえが喜兵衛さんの家に行くか、それともおれが行くか……どうする？」

聞かれた角蔵は少し考えてから、

「おれが行ってこようじゃねえか」

といって、立ちあがった。

「おめえがいない間に作蔵が戻ってきたらどうする？」

「押さえるんだ。荒っぽいことになってもそれはしかたねえ。とにかく急いで行ってくらあ」

角蔵は見張場に使っている納屋を出た。

畳屋で信濃屋を見張りつづけている兼四郎は、信濃屋の女房・お仙が通りにあらわれたのを見ていた。小半刻ほど前のことだ。店の脇路地からあらわれ、千住大橋のほうへ歩き去った。

あとを尾けようと思ったが、遠出をするような恰好ではなかったのでじき帰ってくるだろうと判断し、そのまま腰を据えていた。

信濃屋の表戸は閉まったままだ。今日だけ休みなのかどうかそれはわからない。亭主がいないから店を開けないのかもしれないと、勝手な推量をする。

しかし、なんの動きもない。だんだん見当ちがいの見張りをしているのではないかと心許なくなり、官兵衛と定次たちはどうしているだろうかと頭の隅で考える。

なにかあれば定次が知らせにやってくるはずだが、その気配もない。兼四郎はなにも動きのない信濃屋を眺め、通りを行き交う人をたしかめるように見る。人相書の金兵衛と角蔵に似た男はいない。

出かけていたお仙が戻ってきた。兼四郎はその姿を目で追う。白地に楓模様の小袖を粋に着こなしている。襟にのぞく白い肌と、裾にのぞく足首が日の光を受けて目を惹く。

商家の女房にしては垢抜けた女だ。買い物をしてきたらしく、風呂敷包みを抱えていた。やはり店の脇の路地に入り姿が見えなくなった。店を閉めているので裏の勝手口を使っているのだとわかる。もうひとり裏に見張りをつけたいと思うが、そんな人手はない。

「ご亭主、信濃屋の裏だが、あっちにも道はあるのかね」

兼四郎が捻り鉢巻きをして仕事をしている主に声をかけると、

「ありますよ」

と、突き刺した畳針を抜いて答え、糸を口にくわえた。

「すると、そっちからも出入りができるんだな」

「できますねえ」

主はまた畳に針を突き刺した。

兼四郎は表でなく裏を見張ろうかと考え、信濃屋を眺めた。それからすぐのことだった。

お仙が消えた路地に駆け込むように入った男がいたのだ。

兼四郎はにわかに目を光らせた。

官兵衛が作った角蔵の人相書にそっくりだったのだ。いや、間違いない。あれは角蔵だったと確信をした。

（やはり信濃屋は盗人宿なのか……）

兼四郎は内心でつぶやきを漏らして信濃屋を凝視する。閉まっている店にはお仙と角蔵がいる。いや、裏から出入りできるのなら、他にも仲間がいるかもしれない。

兼四郎は胸をざわつかせた。そのとき、開け放されている戸口に定次が姿を見せた。

「旦那、ちょいと……」

定次は畳屋の主に軽く頭を下げたあとで声をひそめ、お清のいる百姓家の主が作蔵であることと、金兵衛があらわれたことを耳打ちした。

「すると、作蔵の家を金兵衛らが見張っているのか……」

「そのはずです」

「じつはいま角蔵が信濃屋に入った」

「え、ほんとですか」

定次は目をまるくして信濃屋を見た。

「店の裏から出入りしているのだ。いま、店にいるのは角蔵とお仙だけではないかもしれぬ」

「どうします？」

兼四郎は忙しく考えた。

「角蔵が訪ねているのは間違いないから、信濃屋の喜兵衛とお仙は賊の仲間と考えていいだろう。やつらの狙いは作蔵を捕まえることではないか……」

兼四郎は定次をまじまじと見る。

「すると先に作蔵の家に戻ったほうがいいのでは……」

「うむ。だが、その前に信濃屋の裏をたしかめておこう」

兼四郎はそういって立ちあがった。

三

喜兵衛は訪ねてきた角蔵と座敷で向かい合っていた。

「作蔵の仲間が……」

喜兵衛は角蔵を眺めて考えた。どうしますと、角蔵が言葉を重ねる。

「もし、作蔵の仲間ならやつは独りばたらきではなく、何か大きな盗めをやろうとしているのかもしれねえな。それでお清は家にいるのだな」

「金兵衛が見張っていますから逃げられはしません」

「だけど、お清を訪ねてきた男が作蔵の仲間ならまずいんじゃないの」

お仙だった。

「作蔵はおれたちが、あの家を探りあてたことを知っていると考えていいだろう。すると作蔵は戻ってこねえかもしれねえな」

喜兵衛は考える目を部屋の隅に向けたまま頬を撫でた。

「作蔵が戻ってこなきゃ、支度金を取り戻せなくなる。そうでしょう」

そういうお仙を喜兵衛は眺めた。

「おめえのいうとおりだ。お清を締めあげて作蔵の居所を白状させるか。しかし角蔵、おまえが見たという男たちが気になる。ひとりは浪人ふうの侍で、もうひとりは御用聞きみたいな男、そうだな」

「へえ」

角蔵は神妙な顔でうなずき、床柱に背中を預けて目をつむっている坂藤新五郎を見た。屛風坂の権兵衛の用心棒だ。

「新五郎さん、いっしょに作蔵の家に行ってもらえますか」

喜兵衛にいわれた新五郎がつむっていた目をゆっくりあけた。鋭い剃刀のような目だ。

「お頭はなんとしてでも作蔵を生きて捕まえろとおっしゃっている。角蔵が見たという二人の男が作蔵の仲間かどうかわからぬが、いずれにしろそいつらから話を聞かねばなるまい」

新五郎はゆっくり刀を引き寄せて言葉をついだ。

「いざとなりゃ生かしてはおかぬ」

「わたしはどうすればよいの。またここで留守番かい？」

お仙だった。

喜兵衛は短くお仙を眺めた。作蔵の隠れ家に気づいたのはお仙だった。作蔵の情婦・お清を見かけて尾行し、あの隠れ家を突きとめたのだ。

だが、そのとき作蔵は家にいなかった。喜兵衛はつぎの盗めのために下調べをしている角蔵と金兵衛にそのことを知らせて呼び戻したが、肝心の作蔵が戻ってこない。

「おまえは目立つ女だ。連れてはいけねえ」

喜兵衛が答えると、お仙は口をとがらせ、つまらなさそうな顔をした。

「では、まいるか。角蔵、案内いたせ」

新五郎が腰をあげたので、喜兵衛たちもそれにつづいた。

兼四郎と定次は信濃屋の裏でしばらく様子を見たが、なんの動きもないので先に官兵衛と合流することにした。

作蔵の家はおそらく賊の仲間に見張られているはずだから、兼四郎と定次は大きく迂回して官兵衛が見張場にしている木立に入った。

足音を聞いた官兵衛が振り返り、

「作蔵はまだ戻ってこない」

と、足許の草を引きちぎった。

「信濃屋はおそらく盗人宿だ。角蔵が信濃屋に入った」

兼四郎は官兵衛のそばにしゃがんでいった。

「それじゃ主の喜兵衛とお仙という女も……」

「そう考えていいはずだ。賊はどこかであの家を見張っているはずだが、見当はつかぬか？」

兼四郎は木立の先にある家を眺め、それから周囲に視線をめぐらした。

「おそらくあの家を挟んだ向こう側だろう。この反対側ということになるが、下手に姿をさらせばまずいだろうから、おれは動かずにいたんだ」

「作蔵が帰ってくれば動きがあるはずだが、その様子はないか……」

「まったくないな」

「まさか、作蔵は信濃屋喜兵衛らの動きに気づいたのでは……」

「もし、そうだったら戻ってこないということだ。この見張りも無駄になる。兄貴、角蔵が信濃屋にいるんだったら、いまあの家を見張っているのは金兵衛だけだ。先に捕まえちまうか」

「金兵衛ひとりでしょうか……。仲間がいたら面倒になりますよ」

定次だった。

「それはそうだろうが……」

官兵衛は口をつぐんで兼四郎を見る。

兼四郎もどうしたらよいかと思案をめぐらす。賊は一網打尽にしなければならないが、相手のことがよくわからない。

信濃屋喜兵衛が賊の頭なのか、他に何人の仲間がいるのか……。

「下手に動くことはできぬか……」

兼四郎はつぶやく。

「お清はほんとうに作蔵の行き先を知らないのかな？　知っていれば締めあげて居所を吐かせることができる」

「その前に金兵衛らに見つかったらまずいのでは……」

定次が官兵衛に応じた。

「能もなくここで見張っているだけでは埒があかぬだろう」

「そりゃそうでしょうが……」

定次が困り顔を兼四郎に向けたとき、

「おい」

と、官兵衛が細い目をみはって注意を促した。

作蔵の家の庭に喜兵衛と角蔵、そしてひとりの侍が入ったのだ。

兼四郎たちが見守っていると、三人は作蔵の家の戸口へ行き、そのまま家のなかに姿を消した。

四

お清はふるえあがっていた。

だが、喜兵衛は一顧だにせず、お清の顎を持ちあげてにらむ。

「ほんとうにおめえは作蔵の居所も行き先も知らねえんだな」

「知らないのに知っているとはいえないじゃないですか」

お清はふるえ声を漏らし、角蔵と新五郎を見る。

「さっき男が訪ねてきたらしいが、作蔵の仲間じゃねえだろうな」

「来たのは番屋の男です。番人だと思います。親方にいわれてわたしの様子を見に来たといいましたから」

喜兵衛は角蔵を振り返った。

「そういうことらしいが、どうだ？」

「そういわれりゃそんなふうにも見えましたが……」

「喜兵衛さん、わたしは嘘なんてついちゃいませんよ。ほんとうです。後生だから勘弁してくださいな。わたしゃ支度金のこともなにも知らないんです。作蔵が支度金を盗んだのも知らないんです。ほんとですから信じてくださいよ」

お清は泣きそうな顔で訴える。

「ほんとうかな？」

角蔵がお清ににらみを利かせる。つぶらな瞳には恐怖の色がうかがえる。ぽってりした小さな鼻は、普段は血色がよいが、いまは血の気をなくしていた。

「作蔵がどこにいるか見当はつかねえか」

喜兵衛は同じことを聞きながら、お清の襟を広げた。小柄な女だが、豊かな乳房をしている。うす暗い家のなかでも、その乳房の白さが際立った。

「知っていて白を切っても得することはねえんだぜ」

喜兵衛はお清の両肩から着物を落とした。お清は上半身を剥き出しにされたが、抗うこともできず怯え顔で喜兵衛を眺めている。

「さっき来たという男はほんとうに作蔵の仲間じゃねえんだな」

「ちがいます。わたしゃ初めて見る顔です」

「作蔵には仲間がいるんじゃねえか？　それともやつは独りばたらきの企てをしているのか？」

「仲間はいないはずです。わたしゃなにも聞いてないんで……。独りばたらきをしようというのは知っていますが、どこを狙っているかは聞いていないんです」

「お清、知っていることをなにもかもしゃべるんだ」

「な、なにをしゃべればいいんです？」

「作蔵の居所だ」

「知らないっていってるじゃありませんか」

「いや、おめえは知っていそうだ」

喜兵衛はお清の顎を強くつかみ、もう一方の手を懐に差し込んで匕首を取り出すと、白い乳房に押しつけた。お清は顎をつかまれたまま、ヒッと小さな悲鳴を漏らす。

「作蔵の居所を、行き先をいうんだ。おめえが知らねえというのは信じられねえ」

　喜兵衛はつかんでいる顎の手から力を抜いた。

「し、知らない、ほ、ほんとに知らないんです。あっ」

　お清の乳房に赤い筋が走った。じわりと血がにじみ出てくる。

「おめえは作蔵と手を組んでおれたちを裏切った」

「ひゃー、堪忍（かんにん）、堪忍です」

　お清はついに泣き出した。ぽろぽろと涙をこぼす。だが喜兵衛は容赦しない。

「正直にいえば、おめえの命だけは取らねえ。金をどこに隠している？」

　お清は言葉もなくふるえ顔でかぶりを振る。

「作蔵から聞いているはずだ。白を切るんじゃねえ」

　喜兵衛は匕首をさっと斜め上方に振った。お清の頬に一寸ほどの傷ができ、すぐに血がにじみ出た。

「し、知らない、ほ、ほんとに知らないんです」

「そうかい、ほんとうに知らねえんだな」

「は、はい」

瞬間、喜兵衛の腕が動き、お清の目が見開かれた。あっ、と小さな口から声が漏れ、そのまま前のめりに倒れた。

喜兵衛の匕首にべっとりとした血がついていた。

「こいつはほんとうに知らねえようだ」

喜兵衛はゆっくり離れて匕首についた血をお清の袖でぬぐった。畳に血が広がっていた。

「残忍なことをしやがる。喜兵衛、あきれるぜ」

新五郎が冷めた顔でつぶやいた。

「こいつは裏切り者ですよ。生かしちゃおけねえでしょう。なあ、角蔵」

角蔵は顔を強ばらせていた。

「それでどうするのだ？」

新五郎が喜兵衛に聞いた。

「作蔵が戻ってくるのを待つしかないでしょう。角蔵、金兵衛を呼んでこい。しばらくここに居座ることにする」

「へえ」

角蔵はそのまま家を出て行った。

「喜兵衛、お清の死体はどうする？」

煙管に火をつけた喜兵衛に新五郎が聞いた。

「金兵衛と角蔵が来たら片づけさせますよ」

喜兵衛は煙管をすぱっと吸いつけ、息をしなくなったお清を眺めた。

五

官兵衛が低声（こごえ）を漏らす。

「や、あれは金兵衛だ」

兼四郎もいわれる前に気づいていた。角蔵が家から出て行ったと思ったら、金兵衛を連れて戻ってきたのだ。

「やつらなにをしているんだ？」

官兵衛が疑問を漏らす。当然、兼四郎も定次も答えられないが、

「家に残っているお清を人質にして作蔵の帰りを待つつもりかもしれぬ」

と、憶測を口にした。

「だったらいまのうちにやつらを押さえちまうか。作蔵の戻りを待つことはないだろう」

官兵衛が兼四郎に顔を向ける。

「あの家にいるのがすべての賊であろうか？」

「そうでなかったとしても、やつらを押さえ込んでしまえば、なにもかもわかるだろう。兄貴、じっとしていることはない。踏み込んで押さえるんだ」

官兵衛はそういうなり立ちあがった。

「待て、相手は四人だ。踏み込むのはいいが、こっちは三人」

「侍はひとりだけだ。あとの三人はおれたちの相手ではない。兄貴、躊躇っている場合ではない」

官兵衛はそのまま背後の道に向かった。

「待て、待つのだ」

兼四郎は声をかけながら官兵衛を追いかけた。

「じれったいことはしていられねえだろう」

官兵衛は鼻息が荒い。

「わかった。乗り込むが、おそらく喜兵衛が賊の頭だと思われる。斬り合いになっても喜兵衛は生かしておくんだ」

「わかってるよ」

官兵衛はそういいながら襷をかけた。兼四郎も尻端折りをして襷をかける。

「定次、おまえは無理をするな。おれと官兵衛で押さえる」

兼四郎にいわれた定次が神妙な顔でうなずく。

三人は村道を辿り、作蔵の家に向かった。それは庭に入る手前だった。前方の道に五人の男があらわれたのだ。いずれも弊衣蓬髪の浪人風情であった。揃って血に飢えたような目つきをしており、まさに戦場を渡り歩く野武士のような集団だ。

兼四郎は足を止めた。賊の仲間だと思ったのだ。五人の男たちも立ち止まって、兼四郎たちをにらんできた。

「なんだおぬしら？」

先に相手が声をかけてきた。

「きさまらこそ何者だ？」

五人の男たちは互いの顔を見合わせたあとで、怒り肩で体のがっちりした男が前に出てきた。

「妙なことを聞きやがる。それに襷に尻端折りとは尋常ではないな。出入りでもやるつもりか？」

男はそういって、はだけた胸に生えている毛をぴっと引き抜いた。

「どこへ行こうがおれたちの勝手だろう。見も知らぬ野郎に教えることはない。それにしても、そのなりはどういうことだ？」

兼四郎は眉宇をひそめた。こやつらは賊の仲間ではないのか……。よくわからない。

「それはこちらの勝手。用がなければ通るがよい」

兼四郎は面倒を避けるために道の脇へ動いた。相手ははだけた胸をさすりながら、口許に不気味な笑みを浮かべ、

「ちと相談がある」

と、いった。兼四郎が眉根を寄せると、

「おれたちは手許不如意でな。物乞いではないが、ちょいと持ち金を恵んでくれぬか。同じ二本差しの侍。困ったときは相身互いではないか」

と、少し下手に出てきた。

兼四郎はこやつらはただの流れ者かもしれないと思った。しかし、ここで面倒は起こしたくない。作蔵の家には賊が集まっている。目の前の浪人たちとのやり取りを見られると警戒されかねない。

「金はない。用がなければ、さっさと行ってくれぬか」

兼四郎は穏やかに答えた。騒ぎは起こしたくない。

「おい、おれたちは忙しいのだ。行かぬなら先に通らせてもらう」

官兵衛が一歩前に出ていった。

怒り肩の男は、無精髭だらけの顎を撫で、目をぎらつかせた。

「作蔵と喜兵衛を知っているか？」

兼四郎はとっさの思いつきでカマをかけた。

「なに？　妙なことを聞きやがる」

「知らぬか……」

兼四郎は相手の目を凝視した。どうやら賊には関係のない者たちのようだ。であれば、さっさとこの場をやり過ごしたい。ところがそうはいかなくなった。

「喜兵衛さん、妙です」

お清の死体を運ぶために土間に下りた金兵衛が、座敷にいる喜兵衛に緊迫した顔を向けた。

「なんだ?」

「表に八人の男がいます。七人は侍です。まさか作蔵が仲間を連れて来たんじゃ……」

「なんだと……」

喜兵衛はすっくと立ちあがると、急いで金兵衛のそばに行き、戸口の節穴に目をつけたとたんに息を呑んだ。

「作蔵はいねえが、やつら……」

「お清です。お清を訪ねてきた野郎がいましたが、あのときお清は助けを頼んだかもしれません。それでやつらがやってきたんじゃ……」

金兵衛は狼狽気味の顔を喜兵衛に向けた。

「ここに乗り込むつもりかもしれねえ」

節穴に目をつけている角蔵が慌てた声を漏らした。

喜兵衛はさっと坂藤新五郎を振り返った。

「新五郎さん、七人の侍が乗り込んでくるかもしれません。どうします? 相手が七人じゃ分が悪いです」

新五郎の顔つきが変わった。脇に置いていた差料をつかみ、

「七人も……」

そういって喜兵衛のそばにやって来て、節穴から表をのぞき見た。

「喜兵衛、まずいな。七人で乗り込まれたら勝ち目はない」

「どうします？」

「逃げるしかなかろう」

新五郎はそういうなり、裏の勝手口に目を向けた。喜兵衛は角蔵と金兵衛を見た。斬り合いになったらこの二人は役に立たない。

「よし、一旦逃げよう」

六

「恥を承知で頼んでいるんだ。それがわからねえか」

兼四郎はそういう相手の目を凝視していた。金を恵んでやるのは容易いことだが、それではおのれの一分が立たない。

「おい、どこから来た浪人かわからぬが、恥を知れ。おぬしらに恵んでやる金な

どない。道を譲るから、さっさと行ってくれ」

官兵衛は怒りを抑えている。兼四郎も苛立っていたが、ここでことを構えるのは得策ではない。

「そうかい。恥を忍んで頼んでも無駄ってことかい」

怒り肩はギラッと目を輝かせ、仲間をひと眺めした。その仲間が気色ばむのがわかった。

「こうなったら腕ずくで、きさまらから金をふんだくるだけのようだな」

怒り肩は静かにそういったが、いきなり胴間声を発して刀を抜くなり、

「おりゃあ！」

と、斬りかかってきた。

兼四郎は半身をひねってかわし、相手の二の太刀を防ぐために刀を鞘走らせた。

浪人らはそれが合図だったように、一斉に刀を抜いて身構えた。

（こんなところで面倒なことに……）

兼四郎は内心で舌打ちをして、相手と対峙した。

「定次、おまえは下がっておれ」

兼四郎は定次に忠告して、怒り肩との間合いを詰めた。相手も詰めてくる。他の四人も道いっぱいに広がり迫ってくる。

「官兵衛、油断いたすな」

「面倒なことになっちまった」

官兵衛が応じて、目の前の背の高い男に仕掛けていった。鋼のぶつかり合う音がして、あっという間に乱戦となった。

兼四郎は怒り肩の一撃を払い落とし、突きを送り込んだ。かわされると、足を薙ぎ払うように刀を振った。相手はそれもかわして、唐竹割りに撃ち込んでくる。

兼四郎はあっさり片をつけるつもりだったが、そうはいかなくなった。五人の浪人はいずれもなまなかではない。かなりの練達者だとわかった。

官兵衛も難儀しているらしく、前に出たと思ったら、すぐに後退していた。

兼四郎が相手をしている怒り肩が、浪人たちの頭のようだ。こやつを倒さなければ、他の者たちは刀を引かぬだろう。

「とおーっ」

相手が突きを送り込んできた。下がってかわすと、即座に刀を引きつけ面を狙って撃ち込んでくる。

兼四郎は剣先で相手の刀を払い、同時に半身をひねって肩口を斬った。手応えはあったが、浅傷である。

相手は大きく下がった。自分の腕の傷を見て、悔しそうに口をねじ曲げた。兼四郎が間合いを詰めると、相手はさらに下がった。傷を負ったことで戦意をなくしたのだ。

「どりゃあ!」

官兵衛が気合いを発して相手の刀を擦りあげ、思い切り腹を蹴った。蹴られた男は二間ほど後ろに飛んで地に転げた。

「退け、退くんだ」

兼四郎に斬られた怒り肩が仲間に指図した。そのことで浪人たちは大きく下がり、兼四郎たちから離れた。

「くそ、こんなところで嘗められるとは思いもいたさぬこと。きさまらの顔は忘れぬからな」

怒り肩はそう吐き捨てると、仲間に顎をしゃくり、やって来た道を引き返していった。

兼四郎はその五人の姿が見えなくなってから刀を鞘に納めたが、苦渋の色もあらわに作蔵の百姓家に目を注いだ。

家のなかにいる賊はいまの騒ぎに気づいたはずだ。しかし、おかしい。作蔵の家は静かであるし、表戸も開けられていない。

（どういうことだ……）

「気づかれちまったぜ」

官兵衛が隣に立っていった。

「そうだろうが、賊は出てこない。いまの騒ぎに気づかぬはずはなかろう」

「もうおれたちのことは、すっかり知られている。行って訪ねるだけだ」

官兵衛はそういって庭に入っていった。兼四郎は引き止めようとしたが、出かかった言葉を呑み込んで官兵衛のあとを追った。

「お頼み申す。お頼み申す」

戸口に立った官兵衛が声をかけた。しかし返答がないばかりか、屋内は静まり返っている。

「誰かおらぬか」

官兵衛は戸に手をかけて動かした。戸口はあっさり開き、表の光がうす暗い屋内になだれ込んだ。その瞬間、兼四郎と官兵衛は息を呑んだ。

すぐ目の前の土間に女が横たわっていたからだ。座敷には人の姿も影もない。

「お清です」

兼四郎の背後から定次が声を漏らした。

お清は土間にうつ伏せで倒れており、動く様子がない。兼四郎はゆっくりしゃがんで髪をつかんで顔を見た。すでに息絶えていた。仰向けにすると、腹のあたりが血にまみれていた。

「やつら……」

兼四郎は顔をあげて家のなかに視線をめぐらせた。

「作蔵の居所を聞いて殺したのか。それとも裏切り者として殺したのか……」

兼四郎は立ちあがった。

「やつらはおれたちが、さっきの浪人たちと騒ぎを起こしたのを見ていないかもしれぬ」

官兵衛はそういって言葉をついだ。

「そんなことはどうでもいい。喜兵衛らがどこへ行ったかだ」

兼四郎は土間奥に行って裏の勝手口を引き開けた。と、裏道に通じる蔀戸(しとみど)が開け放されていた。

「旦那、信濃屋に戻ったのかもしれませんよ」

定次の声で兼四郎はさっと振り返った。定次が目をまるくして見てくる。

「そうかもしれん。兄貴、信濃屋に行くべきだ」

兼四郎は官兵衛の言葉に背中を押されたように勝手口を出た。

七

「それじゃ作蔵が仲間を連れて来たっていうの」

慌てた素振りで帰ってきた喜兵衛たちを迎えたお仙は、信じられないという顔をした。

「わからねえ。だが、七人の侍があの家の表にあらわれやがった」

「それでどうしたのよ？」

「どうもこうもねえさ。刀を差した侍七人とやり合えるわけがねえ。こっちには新五郎さんしか頼れる人はいねえんだ」

「それじゃ逃げてきたんじゃない。作蔵のことはどうするのさ」

喜兵衛はお仙のことをしつこいと思った。

「作蔵は支度金を持ち逃げしてんでしょ」

「黙れッ。そんなこたァいわれなくてもわかってらァ。それより新五郎さん、どうしますか？」

怒鳴られてしゅんとなったお仙をよそに、喜兵衛は新五郎を見た。

「作蔵があんな仲間を仕立てたというのが信じられぬが、相手は数が多い。ここは一度お頭にお伺いを立ててみてはどうだ」

喜兵衛もそうすべきではないかと思い、短く思案した。

「喜兵衛さん、ここは大丈夫なんですか？　やつらはここがおれたちの盗人宿だと気づいちゃいねえでしょうね」

角蔵がげじげじ眉を上下に動かしながら見てくる。

「作蔵は隅に置けねえ野郎です。ひょっとすると知っているかもしれません」

金兵衛だった。

喜兵衛は焦った。もし二人のいうとおりなら、ここに乗り込んでくるかもしれぬ。

「おれはお頭に会ってくる。新五郎さん、いっしょに行ってもらえますか」

喜兵衛は新五郎を見た。

「あっしらはどうすりゃいいんです？」

角蔵だった。

「おめえたちは金兵衛の長屋で待っていな。作蔵も金兵衛の長屋まで調べちゃいないだろう。お仙、おめえも金兵衛の家で待っているんだ」

「そうと決まれば早いに越したことはない。角蔵、お仙さん、おれの家に行こうじゃないか」

金兵衛は二人を促して裏口に向かった。借りている長屋は千住大橋の南詰にあり、熊野神社（くまのじんじゃ）がすぐそばにあった。

「金兵衛、お頭に会ったらおめえの家に行くから出歩くんじゃねえぜ」

喜兵衛は金兵衛にそういってから、新五郎に顔を向け直し、

「顔を見られちゃまずいんで笠を被っていきましょう」

と、菅笠（すげがさ）をわたし、自分も菅笠を被った。

「まったくこんなことになるとは……」

喜兵衛は菅笠の紐を結びながらぼやいた。

真昼の日射しが強くなっていた。朝のうちは秋めいた涼しい風が吹いていた

が、いまは夏に逆戻りしたような暑さだった。

兼四郎たちは信濃屋の前まで来て立ち止まった。相変わらず店の表戸は閉められたままだ。

「裏にまわろう」

兼四郎はそういって足を進めた。官兵衛と定次がついてくる。路地を抜け裏道に出て、信濃屋の裏木戸の近くで様子を見た。

すぐそばの畑からあがってきた百姓が、兼四郎たちを見て小首をかしげて歩き去った。野良犬が脇路地から出てきて、道の端で小便をした。

「戻ってきていると思うか?」

官兵衛が顔を向けてくる。兼四郎は閉まっている裏木戸を見て、

「お仙が残っていなければならぬが……」

と、つぶやきを漏らした。

「お仙だけなら表戸から訪ねてみてはどうでしょう」

定次が提案する。兼四郎はその定次を見て、

「やってみるか。おれは顔を覚えられているかもしれぬ。定次、おまえにやってもらおう」

「承知です」

定次が表通りに向かうと、兼四郎と官兵衛は少し離れたところで様子を見ることにした。

「ここに戻っていなかったらどうする？」

官兵衛が話しかけてきた。

「ここが盗人宿なら戻ってこなければならぬ。それに……」

「なんだ？」

「さっきの家に作蔵はまだ戻っていない。作蔵に新たな盗みの企みがあって、その下見のために出かけているならきっと戻ってくる。喜兵衛らに隠れ家が見つかったことも、お清が殺されたことも知らないならば……」

「そのことを作蔵は知っていると思うか？」

「おそらく知らぬだろう」

兼四郎が答えたときに、定次が戻ってきた。

「返事がありません。家のなかには人の気配もない気がします」

兼四郎は信濃屋の裏口に目を注いだ。

「お仙は出かけているのかもしれぬ。そして喜兵衛らもいずれ戻ってくるかもしれぬ」

「それじゃどうする？」

　官兵衛が顔を向けてくる。

「見張るんだ」

　兼四郎はそういって表通りに向かった。

　通りに出ると千住方面に用心深い視線を送り、それから反対の方角にも注意の目を向ける。お仙の姿も喜兵衛の姿も、金兵衛と角蔵の姿もない。いっしょにいた侍の姿もだ。

　兼四郎は見張場に使っていた畳屋を訪ね、もう一度貸してくれと頼んだ。のんびり屋の亭主は、どうぞどうぞと気軽に応じて、

「なんだか大変そうですね」

　と、首にかけていた手拭いで口のあたりをぬぐい、官兵衛と定次を見てひょいと首をすくめた。

「仕事の邪魔なら遠慮なくいってくれ」

「あっしは気になりませんので、好きにしてください」

　亭主はそういって再び仕事に取りかかった。

兼四郎たちは見張りを開始したが、信濃屋に変化はなかった。ときどき定次が信濃屋の裏に行って様子を見て戻ってくる。お仙も喜兵衛たちも戻る気配がない。

日が少しずつ西にまわりこんで、通りを歩く人の影が長くなった。

「作蔵の家も見張っておくべきではないか」

官兵衛がぬるくなった茶を飲んでいった。兼四郎も気にかけていたことだ。あの家にはお清の死体が転がっている。もし、作蔵が戻ってくれば、裏切った仲間たちの報復だと気づくはずだ。

「官兵衛、ここはおまえにまかせる。おれと定次で作蔵の家を見張る」

「承知した」

「その前に宿に戻って編笠(あみがさ)を持ってくる。こうなったらあまり顔をさらさないほうがよいだろう」

兼四郎は畳屋を出ると、宿にしている山吹屋に戻った。部屋に入ろうとしたときだった。ひとりの女中に声をかけられた。

「なんだね」

「八雲様を訪ねて見えたお客があるんです」

「へえ、どうしても会わなければならないとおっしゃるんで、部屋のほうで待ってもらっています。一度八雲様が泊められた子供さんですよ」

女中はそういって微笑んだ。兼四郎はすぐに直吉のことだと気づいた。母親に会えたのかもしれない。

客間に行くと直吉は窓際に座って表を眺めていたが、兼四郎に気づき振り返った。

「どうした、おっかさんには会えたか?」

そばに行って腰をおろした。直吉は口を引き結んで首を横に振り、

「おっかさんは、おっかさんは……」

そういうなりぽろぽろと大粒の涙をこぼした。

「おっかさんがどうかしたか?」

その問いに直吉は必死に涙を堪えた顔で答えた。

「おっかさんはこの近くにいた」

「わたしを……」

第六章　決断

一

兼四郎はすぐにでも畳屋に戻りたかったが、直吉の話に耳を傾けた。

直吉は深川の池田屋を見つけて訪ねたが、そこに母親のおえいはいなかった。

だが池田屋の主は親切な男で、直吉の面倒を見ておえい捜しを手伝ってくれた。

それでわかったことがあった。おえいが池田屋ではたらくと村を出たのは、相談をした酒井という旗本の紹介があったからだった。しかし、おえいは池田屋を訪ねてはいない。

困った池田屋の主は、直吉に路銀を持たせて実家に帰るように勧めた。

「それで家に戻る途中でおっかさんを見つけたのか。で、おっかさんに会ったのか？」

直吉は首を横に振って、近くの旅籠に消えたおえいの後ろ姿を見たので、その旅籠を訪ねて母親のことを訊ねたが、そんな女はいないといわれ追い返されたと話す。

「でも、あれはおっかさんだった。おいらはすぐにわかったんだ」

直吉は涙ぐむ。

「おっかさんがいる旅籠はどこだ？」

直吉は首をかしげて、すぐ近くだという。

兼四郎は考えた。いまその旅籠に行く暇はない。

「直吉、いまおじさんは忙しいのでここで待っていてくれるか。あとでおっかさんのいる旅籠に、いっしょに行ってみようではないか。よいか」

直吉は澄んだ瞳をみはってうなずいた。

兼四郎は畳屋に戻ると、見張りをしている官兵衛と定次に動きはあったかと訊ねたが、なにもないという。

「旅籠に直吉がいた」

兼四郎がいうと、官兵衛と定次が意外そうな顔をした。

「直吉って誰だ？」

官兵衛は会っていないので知らないのだ。兼四郎は直吉に会ったときの経緯をかいつまんで話し、

「母親は深川の料理屋にはいなかったそうだ。されど、料理屋の主が親切な男で母親捜しを手伝ってくれたらしい」

さっき直吉から聞いたことをおおまかに話してやった。

「すると、この近所の旅籠に母親がいるってことか……」

官兵衛が茶を飲んで、言葉を足した。

「ひょっとすると飯盛り宿ではないか。そうならば、直吉の母親は実の名前を使っていないだろう。それに料理屋の女中や仲居より、飯盛りのほうが稼げる」

官兵衛は兼四郎が危惧していることをいう。

「とにかく直吉は宿で待たせている。番頭にもその旨の話をしてきたので心配はいらぬだろう。定次、作蔵の家へまいるぞ」

兼四郎は定次を促して畳屋を出た。日はまだ高い。できるなら今日のうちにこの一件を片づけたいと思う。もう賊のことはあらかたわかっている。

隆観和尚は此度にかぎって賊を誅せず捕まえろといったが、賊一味全員を捕ま

えるのは難儀なことだ。しかし、兼四郎は賊の主だった者は捕縛しなければならないと考えていた。

作蔵の家に向かいながらも、通りを歩く者たちに油断のない目を向ける。近所の百姓もいれば職人もいるし、商家の奉公人の姿もある。そして、うらぶれたなりの旅の侍。

よく観察すれば、通りを行き交う者たちに覇気が感じられない。ここしばらく、そんな者たちを見慣れているせいで、気にしなくなっているのだと気づく。以前はこの町も人も活気があったはずだ。

なにもかも飢饉のせいなのかと、兼四郎は細いため息をついた。

「あら、八雲様。そうでしょう」

突然声をかけてきたのは、居酒屋・小泉屋のおみちだった。ふっくらした顔ににこにこさせて近づいてくる。

「お捜しの人は見つかりましたか?」

おみちはそういって、ちらりと定次を見た。手に提げている籠には野菜が入っていた。

「まあ、見つけはしたが、会えずじまいだ。この男は定次といっておれの仲間だ。気にすることはない」

「あらそれは残念。そうそう、信濃屋の旦那にさっき会いましたよ」

兼四郎はきらっと目を光らせた。

「どこで会った？」

「すぐ先です」

おみちは通りの南のほうを見て、言葉を足した。

「西光寺の門前で擦れちがったんです。上野のほうへ行かれていたみたい。お侍がいっしょだったので声はかけませんでしたけど……」

「上野のほうへ……」

「へえ、なんだかいつもとちがって厳しい顔をされていたわ」

「喜兵衛は侍と二人だけだったか？」

「そうですよ。それじゃ八雲様、失礼します。またお寄りくださいましね」

おみちはちょこんとお辞儀をすると歩き去った。

「喜兵衛は上野のほうへ行ったといったな。連れの侍は、作蔵の家にあらわれたやつだろう」

「どうします？」

定次が顔を向けてきた。

「喜兵衛の行き先はわからぬ。作蔵の家を見張るしかなかろう」

「喜兵衛はあの浪人ふうの侍といっしょだったけど、角蔵や金兵衛は連れていなかったんですね」

「おみちが見ていれば、そういったはずだ」

「すると、やつらは二手に分かれて動いているってことになります。もしや、作蔵の居所に見当をつけたんじゃ……」

定次が真顔を向けてくる。

「もし、そうであるなら、おれたちは後(おく)れを取ることになる」

そうなってはまずいなと、兼四郎は下唇を嚙んだ。

「とにかく、いまは作蔵の家を見張るしかない」

二

そこは下谷金杉下町にある一膳飯屋だった。店の前には下谷通りが走っていて人通りが多くなっていた。

蛭田綾乃助(ひるたあやのすけ)はその飯屋の隅で暗い顔をして胡座をかいていた。顔には憤(いきどお)りがありありと浮かんでいる。江戸にやってきた矢先に、妙な侍と悶着になり、挙げ句腕を斬られてしまった。そのことが腹立たしくてならなかった。

「綾之助、もう忘れることだ。傷は浅傷だったし、命を落とさなかっただけでも運がよかったと思えばよいではないか」

菅沼桃彦が慰めるが、綾之助は納得がいかない。いかにも不服だという顔で仲間を眺める。いずれの者も日に焼け、土埃を被っているせいか煤けた顔をしている。着衣は継ぎ接ぎだらけで、袖は擦り切れている。おまけに無精髭は伸ばし放題、月代も剃っていないので、いかにも田舎出の貧乏侍である。

彼らは元岩槻藩大岡家の家臣だった。足軽身分の下士である。飢饉のあおりを受けた藩の財政がままならず、領民にかぎらず藩士にも厳しい倹約が求められた。

割を食ったのは彼らのような下級の家臣だった。俸給を下げられたうえに、遅配がつづいた。それでは暮らしが立たない。家臣が致仕を願い出ても、藩は引き止めもせずに許可をした。綾之助たちも同じように致仕をし、在野の浪人となった。

しばらくは農閑稼ぎや百姓の真似事をしていたが、長つづきはせず、江戸へ出て仕官の口を探そうと話し合った。仕官できずとも大身旗本の家士として雇い入れてもらう、あるいは剣術道場の師範代か食客になろうということになった。

そんなことでこぞって江戸に出てきたのだが、千住宿を過ぎたところで悶着を起こし、綾之助が怪我をしたのだ。

「おぬしが金などねだるからだ」

窘めるのは松森精九郎という男だった。

「あれはからかっただけだ」

「そうは思えぬが、まあ忘れることだ」

綾之助は精九郎をぎろりとにらみ、

「江戸に来るなりおれは恥をかいたのだ。おまけに……」

といって、手当てをした右腕を押さえた。

「おれもこのまま引っ込んでいては癪に障る。綾之助が仕返しをするならおれもやる」

そういったのは、官兵衛に腹を蹴られて倒された男だった。名を渋山琴次郎といった。

「仕返しはよいとしても、斬り合いになって相手を殺したら罪人になるのだ」

精九郎だった。

「殺しはせぬ。思い知らせるだけだ。これでは負けて逃げたことになる。おれたちは一旦引き下がっただけだ。そうではないか」

綾之助は精九郎をにらむ。

「だが、やつらがどこにいるかわからぬだろう」

「千住宿の近くを流し歩けば見つけられるやもしれぬ」

「どうしても仕返しをしなければ腹の虫が治まらぬか。よし、わかった。綾之助がそこまでいうなら付き合ってもよいが、やつらが見つからなかったらそれであきらめる」

「いいだろう」

「みんな、そういうことだ。綾之助に付き合ってやろう」

精九郎が仲間を眺めると、みんないいだろうとうなずいた。

その頃、喜兵衛は坂藤新五郎とともに屛風坂の権兵衛の家を訪ねていた。

座敷で権兵衛と向かい合うと、喜兵衛は作蔵の家で起きたことと、家の前に七人の侍があらわれたことを話した。

権兵衛は表情をまったく変えずに、喜兵衛の話を静かに聞いていた。白皙で白髪で白眉、そして頬骨が張っている。五十の坂を越しているが、吊りあがった目は人の心を射貫くように鋭い。

「いかがいたしましょうか……」

話を終えた喜兵衛は固唾を呑んで権兵衛を窺い見る。心中で自分に粗相はなかっただろうか、抜かりなくやっているつもりだが手落ちはなかっただろうかと不安になる。権兵衛の勘気を蒙ったら命はない。

権兵衛は開け放している障子の向こうに視線を投げて、短く考えているふうだった。その視線の先の庭には、芙蓉と百日紅の木があり、ともに花を咲かせていた。

やがて権兵衛が顔を戻した。

「侍が作蔵の家の前にあらわれたといったが、そこに作蔵はいたのか？」

喜兵衛は権兵衛に凝視され背筋がぞくっとなった。

「いたかどうかはたしかめてはいません」

「作蔵が仲間を集めたということであれば、そやつらは作蔵の隠れ家に集まっていることになる。そうではないか」

「……そうかもしれませんが、なんともいえません」

「なんだと」

権兵衛の白眉が動き、目が鋭くなった。

「そのォ、作蔵の女だったお清を殺しています。やつらがあの家に行けば、お清を見つけているはずです。そうなれば、お頭の指図で殺されたと思い、またお頭の仕置きを怖れて逃げたかもしれません」

「喜兵衛……」

「はい」

喜兵衛は顔を硬直させて返事をした。

「その侍たちといっしょに作蔵がいたかどうかはわからなかった。そうだな」

「は、はい」

喜兵衛は汗も掻いていないのに額を手の甲でぬぐった。

「何故、そのことをしっかりたしかめなかった」

「やつらに乗り込まれたら勝ち目はないと思ったからです。こっちは四人です。それに刀を使えるのは新五郎さんだけです。乗り込まれたら殺されたかもしれません」

権兵衛は太いため息をつき、煙管にゆっくり刻みを詰め、それから火をつけてすぱっと吸いつけた。紫煙が表から吹き込む風に乱された。

「なんとしてでも作蔵を捕まえるのだ。金を取り返した暁には血祭りにする」

「へえ」

「喜兵衛、おぬしは利口だと思っていたが、間の抜けたことをしやがる。まあ、そうはいってもこのわしも作蔵に裏をかかれ、まんまと支度金を盗まれてしまったが……」

権兵衛はまた煙管を吸った。

「作蔵の家を見張るんだ。その前に新五郎、安森右近を呼んでこい。相手は数が多い。ここは用心いたす」

喜兵衛はさっと権兵衛を見た。安森右近は、「人斬り右近」という異名を持つ残忍な剣士だ。ときどき権兵衛の用心棒を務めている。

「喜兵衛、右近が来たらわしも作蔵の家に行く。新五郎が案内役だ。おぬしはこのことを他の仲間に知らせ、作蔵の家へ向かえ。さ、行け」

権兵衛はそういうなり、吸っていた煙管を灰吹きに打ちつけた。

三

下宿のなかほどに日慶寺があり、その門前で道は大きく二つに分かれる。右へ折れると上野方面への道で、下谷通りだ。そしてまっすぐ行けば小塚原の刑場に向かう道で、日光道中。兼四郎たちが宿にしている旅籠・山吹屋から二町ほどのところだ。

兼四郎と定次は日光道中に足を進めた。往還の両側に町屋が列なるが、小塚原町と中村町が混在している。

その通りに数軒の旅籠があり、なかには飯盛りを抱えている旅籠もある。兼四郎は旅籠の前で立ち止まっては、しばらく戸口を眺めた。

「旦那、どうしたんです？」

定次が怪訝な顔を向けてくる。

「うむ。直吉の母親がいやしないかと思ってな。もっともその顔はわからぬが、どうも妙だ」

「妙とおっしゃるのは……」

「直吉は旅籠の前で自分の母親を見かけ、追いかけてその旅籠に行き、番頭に自分の母親の名をいって会いたいと乞うたが、番頭にそんな名の女はいないといわれた。それでも、直吉はここに自分の母親がいると必死にいい募った。されど、番頭は人ちがいだろうと取り合わなかったばかりか、商売の邪魔だといって直吉を追い払った。直吉は後ろ姿しか見なかったが、母親にまちがいなかったという」

「なんという旅籠なんでしょう？」

「直吉は字が読めぬから旅籠の名はわからぬ。もしやここではないかと……」

兼四郎は立ち止まったまま暖簾に「柊屋（ひいらぎや）」と書かれている看板を眺めた。戸口を入った土間には下駄や草履が揃えてある。

「旦那、どうします？　直吉を呼んできますか……」

「うむ」

小さくうなった兼四郎は、直吉のことは後まわしにしようと足を進めた。

晴れていた空にいつしか雲が広がっていた。西の空は鉛色（なまりいろ）で雨の気配が感じられる。また急に風も吹きはじめた。

宿場が切れるといきおい両側に百姓地が広がる。ぽつんぽつんと畑の先に、茅葺きの家があるだけだ。

しばらく行って村道を右に折れる。そばを流れる用水堀が曇ってきた空を映し取っていた。

左は火葬寺の境内だ。一町四方の広さがあり、十九の寺がある。桐ヶ谷（きりがや）と並ぶ有名な火葬場で、土地の者は〝橋場（はしば）の焼き場〟と呼んだりもする。作蔵の隠れ家はその先の右側、西光寺の南側にある。

火葬場脇の道をしばらく行ったときだった。前方に五人の侍があらわれた。

「や、あれは……」

定次が声を漏らして立ち止まった。兼四郎も気づいており、編笠の陰になっている目を光らせた。

「あの浪人たちですよ」

定次が狼狽気味の顔を向けてきた。兼四郎は口を引き結び、近づいてくる五人の男たちを凝視した。

「やはり会えた」

そういったのは怒り肩の男だ。前に出てきて、兼四郎ににらみを利かせた。

「おぬしを捜しておったのだ」

「なんの用だ？」

兼四郎は静かに問うた。相手は気色ばんでいる。

「おぬしに斬られて黙って引っ込んでおれなくなったのよ。傷は浅かったが、どうにも腹の虫が治まらなくてな」

「仕返しをするためにおれを捜していたというか……」

「おれは元岩槻藩大岡家の家臣、蛭田綾之助と申す。きさまの名は？」

「八雲兼四郎」

兼四郎は蛭田をにらみ返して応じ、

「無用な諍(いさか)い御免蒙りたい」

と、言葉を足した。蛭田と名乗った相手は、元岩槻藩の家臣といった。するといまは浪人身分なのだろう。

「八雲、おぬしはわしに恥をかかせた。そのこと弁(わきま)えておろう」

「恥をかくようなことをいったのはそのほうではないか。そのうえでのいい掛かりであった。岩槻から江戸に出てきたようだが、こんなところで無用な騒ぎはくだらぬ。おれは忙しい身の上、これ以上の関わりは勘弁願う」

兼四郎は下手に出た。

「人に怪我を負わせておきながら無礼であろう」

血相を変え一歩前に出てきたのは、官兵衛に蹴倒された男だった。兼四郎はその男を静かに眺めた。痩せてはいるが六尺はあろうかという長身だった。

「それをいい掛かりというのではないか。見も知らぬ者とたまたま鉢合わせたところで、浅ましくも金をねだり、喧嘩を売ってきたのはきさまらだ」

「おれは渋山琴次郎。もうひとりの仲間はいないようだが、ここで意趣を晴らさせてもらう」

「くだらぬ」

兼四郎が吐き捨てると、渋山琴次郎は眦を吊りあげ刀の柄に手をあてた。蛭田綾之助もやる気満々の顔で鯉口(こいぐち)を切っている。他の三人はどちらかというと困惑顔だ。

兼四郎は首を振ってため息を漏らした。

相手をしなければこの者らは納得しないようだ。

「相手はそのほうらご一統であろうか……」

兼四郎が五人を眺めると、渋山と蛭田以外は互いの顔を見合わせ躊躇っている。

「相手はおれだ。他の者は手出し無用」

蛭田はそういうなりぐいっと右足を前に踏み込みながら刀を抜いた。

「旦那……」

定次が不安げな声を漏らす。兼四郎は間合いを詰めてくる蛭田を凝視しながら、刀の鯉口を切った。

「定次、離れておれ」

兼四郎がいった瞬間、蛭田が上段から撃ち込んできた。さっと体をひねってかわすと、立ち位置が逆になった。蛭田は即座に振り返り、刀を横薙ぎに振ってくる。

頭に血を上らせているせいか、腕と肩に力が入りすぎている。そのせいで蛭田の斬撃は鈍い。それに殺気はあるが、本気で斬りに来る太刀筋ではなかった。

(脅しか)

兼四郎はまだ刀を抜いていない。

蛭田が目をぎらつかせて間合いを詰めてくる。青眼だ。

兼四郎は静かに息を吐き、蛭田の隙を窺う。強い風が吹いてきて土埃を舞いあがらせた。袖がはためき、蛭田の蓬髪が揺れる。

蛭田が地を蹴って唐竹割りに撃ち込んできた。兼四郎は一閃の早技で刀を鞘走らせると、撃ち込まれてきた刀を跳ねあげ、つぎの瞬間、愛刀をくるりとまわして柄頭を蛭田の鳩尾にたたき込んだ。

「うぐッ……」

蛭田はうめきを漏らすなり、体を二つに折って地に倒れた。

「や、きさま」

目を吊りあげたのは長身の渋山だった。すっくと背を伸ばした兼四郎に、いきなり斬りかかってきた。

兼四郎は左にすり落とし、刀の棟を返して渋山の右腕を強くたたいた。

「あう」

渋山はたたかれた腕を押さえて片膝をつき、憎々しげな目を兼四郎に向けた。

「そこまでそこまで」

前に出てきた男がいた。

「天晴れな腕前。八雲殿、お見事でござった。わしらの負けだ。この者たちの無礼お許し願いたい。拙者は松森精九郎と申す。そなたはただ者ではないと見た」

「この方は浪人奉行である！　これ以上の悶着を起こせば、お手前らの身はただではすまぬぞ！」

定次が力を込めていうと、松森らは大いに驚き顔をした。蛭田と渋山も呆気にとられた顔をしていた。

「ここは天領である。無駄な騒ぎを起こしてはならぬ。去ぬのだ」

兼四郎は静かに諭すようにいって刀を鞘に納めた。

蛭田と渋山が立ちあがって仲間を見た。聞き分けのよい松森精九郎が、蛭田と渋山を見、そして兼四郎を見て、

「無礼の段お許しを……」

と小さく顎を引き、仲間を促して歩き去った。

「まったく人騒がせな」

定次が彼らを見送ってからつぶやいた。

「それより定次、作蔵の家に……」

四

風が強くなり空が暗くなった。そのせいで窓という窓を閉め切ってある作蔵の家も暗くなっていた。

表の林を吹き抜ける風の音と、木々のこすれ合う音がし、建付けの悪くなって

いる雨戸がことことと鳴っていた。

兼四郎と定次はお清の死体を縁側の奥に運び、広座敷で作蔵の戻りを待つことにした。

煙草盆を引き寄せて、紫煙をくゆらせる。晴れから曇りと天候は変わったが、家のなかは蒸し暑くなっていた。

「作蔵は戻ってくるかな。今日あたり戻って来てもよさそうなものだが……」

兼四郎は吸い終わった煙管を煙草盆に戻した。

「そう願うしかありません。しかし、戻ってこなかったらここで一夜過ごすつもりですか？」

兼四郎は闇に慣れた目で定次を見た。

「いまそれを考えていたところだ」

旅籠には直吉を待たせている。作蔵が戻ってくれれば、これから先の目途が立つが、自分たちに都合よくことが運ぶとは考えられない。

「官兵衛さんはどうしているでしょう？　ここで作蔵を待つのなら、信濃屋を見張る必要はないでしょう」

「そうだな。官兵衛を呼んできてくれるか。しばらくこの家に腰を据えたい」

「今夜ここで過ごすならば、直吉のことはどうします？」

「日が暮れる前に、おれは一度山吹屋に戻る」

「承知しました。それじゃ行ってきます」

定次が家を出て行くと、兼四郎は家のなかを見てまわった。戸口を入ったところに八畳の座敷があり、その奥にも仏壇置場のある八畳の座敷があった。その隣に六畳の間。台所のそばにも六畳の間があった。

土間奥にある台所には竈が二つあり、漬物などを入れる納戸もあった。裏に井戸があり、そばに青い実をつけた柿の木が一本。庭の南側は杉の木立だ。

兼四郎は燭台を見つけたので、それに火を点した。雨戸の隙間から光が漏れ射していたが、空が曇ったせいで表の明かりしか見えない。

鳥の鳴き声とさえずる鳥の声がする。あとは風の音だけだ。

兼四郎は耳を澄まし、ときどき土間に下りると戸口の隙間から表を見た。また座敷に戻ると、すぐに立ちあがって雨戸の節穴から表をのぞき見た。

人のやってくる気配はなかった。これまで聞き調べたことを頭のなかで整理する。作蔵がこの家を何日前に出て行ったかははっきりしないが、四、五日はたっていそうだ。行き先はわからないが、今日明日にでも戻ってきてもよいはずだ。

それともしばらくここで待ちつづけることになるのかと、暇にあかせて考えながら直吉のこともあるのだと気づく。

ひときわ強い風が吹き、雨戸が乾いた音を立ててしばらくしたときのことだった。戸口に人の立つ気配があり、がたぴし音を立てて戸が開いた。表の明かりがさっと土間に射し込み、家のなかがにわかに明るくなった。

兼四郎はとっさに燭台の火を吹き消し、障子の陰に身を隠した。

「誰もいねえのか？　おい、お清」

そんなことをいってひとりの男が入ってきた。兼四郎は障子の陰に身を隠したまま様子を窺った。男は股引に腹掛け半纏というなりだった。

「おい、お清。おかる。……出かけてんのか？」

兼四郎は窺い見て奥の台所に行く男を見送った。

(作蔵か……)

男はぶつぶつと小言を漏らし、水甕（みずがめ）の蓋を開けて水を飲んだ。

兼四郎はそっと立ちあがって柱の陰に身を隠し、男が戻ってくると、さっと土間に飛び下りて背後から相手の首に腕をまわした。

「な、なんだ。だ、誰だ？」

首を絞められているので男はくぐもった声を漏らした。

「作蔵か……」

兼四郎は耳許で訊ねる。

「おめえは誰だ？」

「いえ、きさまが作蔵か？」

もう一度問うと、男は短い間を置いてうなずいた。兼四郎はどんと突き放すと、上がり框に作蔵を座らせ、脇差を抜いて首筋にあてた。

作蔵は凍りついた顔でまばたきもせずに兼四郎を見る。小柄な男だ。目も鼻も口も小さい小作り顔だ。兼四郎はどこから話せばよいか短く考えて口を開いた。

「きさまが四年ほど前に麴町の升屋を襲った賊の仲間だというのはわかっている。金兵衛と角蔵という男のことも、そして喜兵衛とお仙についても」

「あ、あんたは……」

作蔵は恐怖のせいか言葉を切った。

「おれは升屋の知り合いだ。名はいえぬ。だが、そんなことはどうでもよいこと。きさまの女はお清というらしいが、殺された」

「えっ、だ、誰にです？」

作蔵は小さな目をみはった。

「きさまが裏切った仲間だ。きさまは升屋から盗んだ金を横取りして逃げている。そしてここを隠れ家にした。だが、悪いことはできぬ。喜兵衛らはこの家を見つけたのだ」

「ほ、ほんとですか」

「嘘はいわぬ。いずれやつらはここにやってくる。おまえを殺して金を奪い返すためにな。それはもうすぐかもしれぬ」

作蔵の顔から血の気が引いていった。浅黒い顔が青くなるのが、薄暗がりのなかでもはっきりわかった。

「賊の頭は誰だ？　喜兵衛か？」

作蔵は短く視線を泳がせてから答えた。

「ちがいます。お頭は屏風坂の権兵衛さんです」

兼四郎は眉宇をひそめてつぶやいた。

「屏風坂の権兵衛……」

「へえ」

「仲間は何人いる？」

「お頭の他には六人のはずです。半年前までの話ですが……」

「半年前というのは?」

「あっしがお頭の支度金を盗んだのが半年前だったので」

「その仲間を教えろ」

作蔵は権兵衛・喜兵衛・金兵衛・角蔵・お仙の名前を口にし、最後に二人の侍の名前をいった。坂藤新五郎と安森右近。坂藤の人相風体を聞くと、兼四郎が見た侍だとわかった。

「坂藤はこの家にすでに出入りしている。喜兵衛らといっしょに。安森右近というのはどんな男だ」

「新五郎さんと同じ侍で、お頭の用心棒です。怖ろしい人で〝人斬り右近〟と呼ばれています。お願いです。知っていることは何でも話しますから、あっしを逃がしてくれませんか」

兼四郎はそれには答えずに問うた。

「支度金を盗んだといったが、いくら盗んだ?」

「ひゃ、百五十両ほどです。見つからねえと思ったんですが、どうしてここが……」

「さあ、どうして見つかったかわからぬ。だが、喜兵衛は下宿にある信濃屋を盗人宿にしている。ここからほどないところだ」

「下宿に……」

作蔵は喉仏を動かしながら固唾を呑み、「そんな近くに……」とつぶやいた。意外だったのだろう。

「信濃屋のことは知らなかったのか？」

「知りませんでした。升屋に押し入ったあと、仲間は分け前をもらって別れましたから。仲間がどこにいるのか知っているのはお頭だけです」

「それなのに、きさまはなぜ支度金を盗むことができた？」

「あっしはお頭の勘定掛だったんです」

なるほどそうであったかと、兼四郎は内心で納得した。

「しかし、きさまは裏切って権兵衛の金を盗んで逃げた。そういうことか……」

作蔵は自分の喉元につけられている脇差をどかしてくれといった。兼四郎は短く作蔵をにらんでから脇差を鞘に納めた。

作蔵が逃げようとしてもすぐに押さえることはできる。

「旦那は町方なんで……」

「どうとでも取れ。だが、屏風坂の権兵衛はこの手で引っ捕らえる」

「旦那、あっしはしゃべったんです。逃がしてくれませんか」

作蔵は両手を合わせて拝んだ。

「虫がいいことをいいやがる」

兼四郎が蔑んだ目で作蔵にいったとき、裏の戸口がゆっくり開けられた。作蔵が凍りついた顔をすれば、兼四郎は刀の柄に手をやり身構えた。

五

入ってきたのは官兵衛と定次だった。二人は同時に上がり框に座っている作蔵を見た。

「こやつが作蔵だ」

兼四郎は緊張を解いて、官兵衛と定次に教えた。

「おめえが、そうであったか」

官兵衛がそばに来て作蔵の前に立ち、

「兄貴、喜兵衛を見たぜ。やつは自分の店を素通りして千住大橋のほうへ歩いて行った。尾けようと思ったが、また戻ってくると思い、畳屋で待っていたが、定次が呼びに来たんでその後のことはわからぬ」

「喜兵衛がどこへ行ったかはわからぬと……お仙はどうだ？」

「姿は見ない」

兼四郎は作蔵に顔を戻して見当はつかないかと聞いた。作蔵は首を横に振った。

「こやつはどうするんです？」

定次が作蔵を見て聞いた。

「あらかた賊のことは話してもらった。頭は屏風坂の権兵衛というらしい」

「屏風坂の権兵衛……」

官兵衛はそういって作蔵を見た。

「仲間はお仙を入れて六人だ。そのなかに二人の浪人がいる。ひとりはおれたちが見た男で、坂藤新五郎。もうひとりは安森右近という人斬りらしい」

「人斬り……」

「渾名だろうが、そう呼ばれるからには怖ろしい男なのだろう。作蔵、きさまは権兵衛の住まいを知っているのだな」

兼四郎は作蔵に目を戻した。

「お頭が家移りしていなきゃ屏風坂にあるはずです」

「下谷にある屏風坂であるか?」

「へえ、車坂町です」

作蔵は落ち着きなく兼四郎と官兵衛を見る。そのとき、戸口に表の様子を見に行った定次が、

「旦那」

といって、振り返った。

「喜兵衛らが来ました」

兼四郎と官兵衛は顔を見合わせた。

「どうします?」

兼四郎は定次に再度問われ、戸口に行き隙間から表をのぞき見た。喜兵衛も角蔵も金兵衛も、そしてお仙もいる。さらに二人の浪人と、白髪で白皙の男。

兼四郎は忙しく考えた。だが、知恵をめぐらしている暇はない。賊はこの家に乗り込むつもりなのだ。

「定次、作蔵を縛っておけ。官兵衛、肚を括ってやつらを引っ捕らえる」

「斬り合うことになるぜ」

「しかたない。だが、頭の権兵衛だけは生け捕りにしたい。数は向こうが多いが、刀を使えるのは浪人の二人だけだろう」

兼四郎はそういうと、定次が作蔵を縛ったのを見て、

「行くぞ」

というなり、さあっと戸を引き開けた。

庭に入ってきたばかりの賊一党が、兼四郎に気づいて立ち止まった。

「や、てめえは……」

声を発したのは喜兵衛だった。

「どこの誰だかわからぬが、ここでなにをしておる？」

静かな口調でいったのは白皙の男だ。茶羽織に鉄紺(てっこん)の袴に大小を差している。年の頃は五十ぐらいか。白眉の下にある眼光を鋭くしてにらんでくる。

「きさまが屛風坂の権兵衛か？」

兼四郎は問い返した。隣に官兵衛が並ぶと、金兵衛と角蔵がくわっと目をみはった。

「ここはわたしの仲間の家だ。何用でここにいるのか知らぬが、出て行ってくれぬか」

「きさまの仲間の作蔵はこの家にいる」

権兵衛は白眉を動かし、

「おぬしらは作蔵の仲間か、それとも用心棒に雇われたか？」

と、兼四郎と官兵衛を眺める。落ち着いたものいいは、それだけ肚が据わっているからだろう。

「仲間でも用心棒でもない。権兵衛、四年ほど前のことだ。麴町の岩城升屋に押し入り、奉公人七人を殺し、金八百両を盗んだな。知らぬとはいわせぬ」

権兵衛の眉間に険しいしわが彫られた。

「金のこともあるが、罪なき者たちの怨念晴らしにまいった」

「な、なにを……」

権兵衛は口をねじ曲げ、

「まさか、おぬしら役人であるか？　それとも升屋に雇われた者か？」

と、目をみはった。

「悪事をはたらくきさまらのようなやつらを許せぬ酔狂者とでもいっておこうか」

兼四郎は口の端に小さな笑みを浮かべ、賊一党を眺めた。

「ふざけたことをぬかしやがる。新五郎、右近……」

権兵衛がそういうと、坂藤新五郎が前に出てきた。細身の男で剃刀のような鋭い目をしている。

そして、もうひとりが新五郎の隣に並んだ。

〝人斬り右近〟と呼ばれている安森右近だ。小柄だが見るからに凶暴そうな顔をしている。冷酷そうなうすい唇に、感情をなくしたような冷たい双眸。

曇った空に伸びている杉の上に止まっていた鳥が「カア」と鳴いた。

「新五郎、右近、始末しろ」

権兵衛がいうと、二人がすらりと刀を抜いて前に出てきた。右近は不敵な笑みを口辺に湛えている。新五郎は禍々しい目で間合いを詰めてくる。

兼四郎と官兵衛も刀を抜いた。兼四郎の愛刀・和泉守兼定が鈍い光を放った。

「おれが右のやつを……」

兼四郎は青眼に構えて前に出た。右の男は右近である。官兵衛は新五郎と対峙した。両者の間合いが刃圏に達したとき、右近が兼四郎を袈裟懸けに斬りにきた。刃風がうなり、兼四郎の袖口をかすめた。

兼四郎は体をひねりながら、右近を逆袈裟に斬りあげる。しかし、刃は空を切ったただけで、右近の体は左に移っていた。その素早い身のこなしに、兼四郎はにわかに驚いた。

油断できぬと肝に銘じていたが、なまなかな相手でないとわかった。

その右近がさらに突きを送り込んできた。下がってかわすと、もう一度突きが襲いかかってくる。右へまわり込んだ瞬間、右近の一撃が足許からすくいあげるように振られた。

兼四郎はハッとなった。羽織の肩口が切られたのだ。しかし、皮膚には達していない。

右近はさらに詰めてくる。死を怖れぬ勇猛さだ。だが、負けるわけにはいかない。負けは死を意味する。

兼四郎は少し間合いを外して、呼吸を整えた。官兵衛が新五郎と激しく撃ち合っている。その様子を目の端でちらりと見た瞬間、右近が一気に詰めてきた。右足を高くあげ、兼四郎の脳天を狙い、上段から振りかぶってくる。

兼四郎は即座に右近の刀を跳ね返すように払いあげた。右近の体がわずかにのけぞった。その瞬間、兼四郎は腰を低く落としたまま右足を踏み込みながら、刀を横薙ぎに振り切った。ドスッと肉をたたく音がした。

転瞬、兼四郎は右近の背後にまわり込んで、そのまま肩口に愛刀をたたきつけた。勢いよく血飛沫が飛び、右近は体を二つに折ってそのまま地に倒れた。

兼四郎は新五郎と鍔迫り合いをしている官兵衛を見た。両者は押し合いながら離れる隙を窺っていた。

「どあッ！」

官兵衛が裂帛の気合いを発して、新五郎を押しやり、そのまま斬りにいった。と、新五郎が下がりながら振った刀が官兵衛の左腕を斬っていた。

「うッ」

官兵衛はうめいたが、痛みを堪えながら間合いを詰め、新五郎が刀を振りかぶった瞬間に突きを見舞った。

「ぐふぇ」

新五郎の口が開き、奇妙な声が漏れた。その腹部に刀が埋め込まれていた。

官兵衛が刀を引くと、新五郎はそのままどうと大地に倒れ、土埃を舞いあがらせた。

権兵衛は二人の用心棒を倒されたことが信じられないという顔をしていた。

「金兵衛、角蔵、斬れ斬れ、斬るんだ！」

権兵衛が唾を飛ばしながら喚いた。だが、金兵衛も角蔵も躊躇っている。

「喜兵衛、なにをしておる！」

権兵衛に怒鳴られた喜兵衛が匕首を抜いて前に出てきた。そのまま匕首を突き出したが、兼四郎はあっさり手首を斬り落としていた。

「ぎゃあ！」

喜兵衛の声があたりにひびいた。切断された手首がぽとりと地に落ち、喜兵衛は両膝をついてしゃがみ込んだ。

それを見た金兵衛と角蔵がへっぴり腰ながら、勇を鼓して向かってきた。だが、兼四郎と官兵衛の相手ではない。

兼四郎が金兵衛の左太股を斬りつけ、官兵衛が角蔵の脇腹をたたき斬った。金兵衛は立つことができず、地を転げまわった。脇腹を斬られた角蔵はそのまま前のめりに倒れ、指先で地面を掻きながら動かなくなった。

兼四郎はずいと、権兵衛に迫った。

「きさまも地獄へ墜ちたいか……」

権兵衛は兼四郎から離れるように下がる。白い顔から血の気が引いていた。

「お仙を逃がすな」

兼四郎は逃げる素振りを見せたお仙に気づいて指図した。官兵衛がとっさに動き、お仙を捕まえにいった。

兼四郎は権兵衛に刀の切っ先を突きつけていた。権兵衛は狼狽しながらじりじりと下がり、右手に下げていた刀を振ってきた。兼四郎は軽く払い落とし、さっと背後にまわり込み、権兵衛の喉に刀を突きつけた。

「このまま首を刎ね斬ってやるか。きさまが殺した奉公人たちの恨みだ」

「や、やめろ。やめてくれ」

最前の威勢はどこへやら、権兵衛はふるえ声を漏らした。刹那、兼四郎は刀を引くなり柄頭を権兵衛の後ろ首にたたきつけた。

権兵衛はうめきも漏らさず、そのまま膝からくずおれて気を失った。

「捕まえたぜ」

官兵衛がお仙の片腕を背後にまわして捻りあげていた。お仙は恨みがましい目を兼四郎に向けてきたが、無言のまま視線を外した。気の強い女だ。

「さて、どうする？」

官兵衛が問うた。

「定次、こやつらに縄を打つのだ」

戸口に控えていた定次は急いで家のなかに入ると、荒縄を持って戻ってきた。

生け捕りにしたのは、頭の権兵衛、右手首を失った喜兵衛、左太股を斬られた金兵衛、そしてお仙の四人。それに作蔵を入れて五人である。

兼四郎はあとの始末をすべて定次にまかせることにした。

「え、あっしがやるんですか?」

兼四郎は捕縛した者たちに聞こえないように、庭の隅で相談したうえで決めた。

「おれと官兵衛がからむと後々面倒だ。それにおまえは元は町方の小者だった。うまく話をしてくれぬか」

「でも、やつらは旦那と官兵衛さんのことを知っていますよ」

定次は縛られている盗賊らを見ていった。

「おまえはおれたちのことを知らないといえばよいだろう。思いがけない助っ人の浪人があらわれて手を貸してくれた。されど、その二人はどこかへ去った。だから詳しいことは知らないのだと」

「そんな話を信じてもらえますかね」

「おれたちは悪いことはしておらんのだ。それに町方はやつらを調べるのに忙しくなるだろう」

「まあ、わかりました。なんとかやりましょう」

定次が納得すると、兼四郎と官兵衛はその場を離れた。

六

「官兵衛、傷は大丈夫か？」

兼四郎は旅籠・山吹屋に戻りながら、官兵衛の腕の傷を気にした。

左の二の腕を斬られた官兵衛は応急の処置をしたが、血は着物の袖口まで染まって黒くなっていた。

「宿に戻ったらもう一度手当てをする」

「医者に診せたほうがよいかもしれぬ。戻ったら番頭に聞いてみよう」

「大袈裟にするほどの傷ではないだろう」

そういう官兵衛だが、ときどき傷ついた左腕に右手をあてていた。

すでに宿場はうす暗くなっている。曇天のせいで、いつもより日の暮れは早そうだ。

「定次はうまくやるかな」

下宿に入ったところで官兵衛がいった。

「定次のことだ。うまく立ちまわってくれるだろう」

兼四郎は応じて、夕暮れの道を急いだ。

「おじさん」

そんな声をかけられたのは、山吹屋の近くまで来たときだった。

直吉が商家の庇（ひさし）の下に立っていた。

「ここにいたのか。少し遅くなったが、おまえのおっかさん捜しをしなければな」

「こいつが直吉か。賢そうな顔をしているではないか」

官兵衛が直吉を見ていった。

「心配いらぬ。この人はおじさんの仲間だ」

直吉は無表情に官兵衛を見て、小さく頭を下げた。

「官兵衛、おまえは早く宿に戻って手当てをしろ」

兼四郎はそういって官兵衛を先に帰し、直吉のそばに行った。

「おまえがおっかさんを見たというのはどこの旅籠だ？」

直吉はいま兼四郎たちがやって来たほうを指さした。

「よし、行ってみよう」

兼四郎は直吉の背中をそっと押して促した。後戻りする恰好である。

直吉が母親を見たという旅籠は、山吹屋から三町ほど戻った中村町にあった。

数軒の旅籠があり客引きの留め女たちが往還に出て、旅人と思われる者たちにさかんに声をかけていた。

「お泊まりはこちらへ、お泊まりはこちらへ……」

強引に旅人の袖をつかむ者もいれば、通せんぼする者もいる。

「あのなかにおっかさんはいないか？」

直吉は首を振る。

「どこの旅籠だった？」

直吉は三浦屋（みうらや）という看板のある小さな旅籠を指さした。

「おいらが歩いてくると、おっかさんが男の人とそこの宿に入っていった。おっかさんと呼んだけど、聞こえなかったのか、そのまま見えなくなったんで、宿に入って番頭さんに訊ねたんです。うちのおっかさんがここではたらいていないかって……」

「それでおまえはおっかさんの名前を口にしたが、番頭はそんな人はいないといって、おまえを追い払ったのだな」

直吉は淋しそうにうなずく。

兼四郎は旅籠・三浦屋を眺めた。どうも飯盛り宿のような気がする。そうであれば、直吉の母・おえいは名前を変えているはずだ。

「直吉、ここで待っていろ。おじさんが掛け合ってくる。人ちがいということもあるからな」

「人ちがいじゃない。おいらは見たんだ」

直吉は泣きそうな顔をした。兼四郎はわかったとうなずいて三浦屋に足を進めた。直吉は自分の母親を見まちがうことはないはずだ。おそらく直吉の母親はこの旅籠にいると、兼四郎も思った。

旅籠に入る前に留め女に袖をつかまれた。「お宿ですか。お宿ですか」と聞かれる。

「三浦屋に用があるのだ」

「だったらうちの宿です。お泊まりですね」

留め女は媚びる目を向けて小さく微笑む。

「ここにおえいという女はおらぬか？」

「おえい……いいえ、そんな女中はいませんよ」

「杉戸宿のほうから来た女だ。倉松村の大工の女房なんだがわからぬか？」

女は急に真顔になった。心あたりがあるという顔だ。

「それなら……」

「なんだ？」

「お半さんかもしれない。そんな話をしたことがあるから」

兼四郎は目を輝かせた。

「話をしたいが会えぬか。その段取りをつけてくれ」

兼四郎はそういって心付けをわたし、

「もし、そのお半がおえいなら倅が訪ねてきているといってくれぬか」

と、頼んだ。

三浦屋の留め女は心付けを帯にたくし込むと、

「客を取っているなら、すぐに話はできないかもしれませんよ」

と、兼四郎をまっすぐ見る。

「とにかく取り次いでくれ」

女が店のなかに消えると、兼四郎は直吉を振り返った。心細そうな顔をしている。

しばらくしてさっきの留め女が戻ってきた。顔を曇らせている。

「お侍様、申しわけないけどいまは取り込み中で、席を外せないんです」

おそらく、おえいは客を取っているのだ。

「いつなら体が空く？」

「明日の朝にならないと……」

それは困ったと兼四郎は唇を嚙んで、どうにかならないかと頼んだ。

「それじゃ番頭さんに聞いてみます」

心付けが利いているらしく、留め女はまた宿に消えた。今度はすぐに戻ってきた。

「だめだそうです。明日の朝なら会えると思うんですけど」

「どうしてもだめか……」

「無理だと思います」

兼四郎は暗い空を見あげて、明日の朝まで待つしかないのかとため息をついた。ここで強引なことをすれば、面倒な騒ぎになるかもしれない。

「わかった。明日の朝、もう一度訪ねてくる。おまえさんの名は？」

「はまです」

留め女の名を聞いた兼四郎は、直吉の元に戻った。

「直吉、おまえのおっかさんはこの旅籠ではたらいているかもしれぬが、それははっきりわからぬ」

「どうして……」

「旅籠はいまが書き入れどきで忙しいのだ。それで、さっきの女中に明日の朝まで待ってくれといわれた。いろいろ調べてくれるらしい」

直吉はうなだれた。

「元気を出せ。明日の朝にはおっかさんが見つかるかもしれぬのだ。今夜はおじさんの泊まっている宿で休んで、明日の朝出直そうではないか。ここでへそを曲げてもどうにもならんのだ。直吉、わかってくれぬか」

兼四郎に諭された直吉は、力なくうなずいた。

七

「おっかさんには会えたのか？」

旅籠・山吹屋の客間に戻ると、官兵衛が声をかけてきた。手当てをすませたのか、酒を飲んでいた。

「いるかどうかわからぬが、明日の朝もう一度三浦屋という旅籠に行くことにした」

兼四郎が官兵衛に応じると、

「おっかさんはあの旅籠にいるんだ。おいら見たもの……」

と、直吉がうなだれて座る。

兼四郎は官兵衛と顔を見合わせた。

「とにかく、明日の朝にははっきりする。今夜はここでゆっくり休め。一晩寝ればおっかさんに会えるかもしれないのだ。わかったな」

直吉は小さくうなずいた。

「しかし、亭主が怪我をしているなら早く帰ってやらなければな」

官兵衛はぐい吞みを口に運んで直吉を眺め、

「定次はうまく話をしているかな……」

と、兼四郎に顔を向けた。

「手間はかかるだろうが、いずれ戻ってくるから、そのときに詳しい話を聞こう。それはそうと、手当てはしたのか?」

「これが毒消しだ。もう血は止まっている。懸念あるな。兄貴もやるか」

官兵衛は徳利を掲げる。左腕には止血のための手拭いを縛りつけていた。

「あとにしよう。直吉、おじさんといっしょに風呂に入らぬか」

直吉はもじもじしたが、兼四郎の誘いに応じるようにうなずいた。

兼四郎は風呂に入ると、直吉の背中を流してやり、慰めるように両親のことをあれこれ聞いた。直吉は言葉少なに答えたが、母親と父親を慕っているというのがよくわかった。

「やはり、おっかさんがいないと、おまえもなにかと不自由だろうが、おとっつぁんの介抱があるからな」

直吉は小さくうなずいてから、

「世話をしてくれてる叔母さんに迷惑をかけたくないんだ。おとっつぁんもおっかさんが介抱してくれると安心だと思うんです」

と、しみじみという。

兼四郎は直吉の体に湯をかけながら、

「おまえは素直でよい子だな」

と、心の底から感心した。まだ十歳だというのに、ひとり旅をして母親を連れに来たこと自体が健気すぎる。これまでも長旅をしたことがあるのかと聞けば、村の近くの宿場に行ったことはあるが、こんなに遠くまで来たのは初めてだという。

「おまえは勇気があるな」

兼四郎は直吉の気持ちを慮った。右も左もわからぬ江戸へ、母親を捜しに来たのだ。いかほど心細かったであろうか。

風呂からあがると、女中に客間まで夕餉を運んでもらった。直吉は腹が減っていたらしく、飯のお替わりをした。

「食欲があるのはいいことだ。それにしても直吉、おまえは運がよい。このおじさんも親切をしてくれるが、池田屋という料理屋の主もいい人でよかったな」

微笑ましくいう官兵衛に、直吉はこくんとうなずく。

すでに宵闇は濃くなっており、窓の外は暗くなっていた。

定次はなかなか帰ってくる様子がない。

兼四郎と官兵衛は酒をちびちびやりながら定次を待ったが、直吉が船を漕ぎはじめたので隣の客間に移すと、よほど疲れていたのか、あっという間に気持ちよさそうな寝息を立てた。

　定次が戻ってきたのは、四つ（午後十時）の鐘が空をわたったあとだった。

「うまくいったか？」

　兼四郎は疲れた顔で戻ってきた定次に声をかけた。

「へえ、うまく話をしましたら北町の旦那もわかってくれました。運良くあっしの知っている岩崎とおっしゃる旦那だったんで……」

　定次はそれにしてもくたびれましたと言葉を足して、大きなため息をついた。

「それでやつらはどうなったのだ？」

　官兵衛が定次に聞いて、まあ一杯やれとぐい呑みに酒をついでやった。

「作蔵の隠れ家は天領ですが、やつらは市中にある升屋を襲った盗賊ですから、御番所の掛でかまわなかったのです。捕縛されたのは、権兵衛と喜兵衛、金兵衛、作蔵、そしてお仙です。やつらは番屋で調べを受けて大番屋に送られましたが、あっしは屏風坂下にある権兵衛の隠れ家を調べるのに付き合わされました。岩崎の旦那も驚いていましたが、そこでわかったことがあります」

「なにがわかったのだ？」

　兼四郎は膝を詰めて定次を見る。

「やつらは四谷にある紀伊家抱屋敷を狙っていたんです」

「紀伊家の……」

　驚かずにはいられなかった。

「へえ、屋敷の絵図面が何枚も出てきましてね。角蔵と金兵衛はその絵図面を作るために四谷に仮住まいしていたんでしょう。いずれ調べればわかることでしょうが……」

「おれたちのことはどう話した？」

　官兵衛だった。

「そのことです。あっしはたまたまこちらに用があり来ていたときに、賊のことに気づき、名も知らない二人の浪人に相談をして助を頼んだといったんです。岩崎の旦那が信じたかどうかわかりませんが、とにかく永尋になっていた賊一味を捕まえることができたので、旦那もその辺の仔細はお訊ねになりませんでした。おまけに、その浪人に会ったら礼をいっておけといわれましてね」

　兼四郎はそれを聞いて安心した。自分たちのことが穿鑿され、その結果、証人として町奉行所に出頭することになりやしないかと心配していたのだ。

「それじゃ、おれたちの仕事はこれで落着ってことだな」

　官兵衛も安堵の表情で酒に口をつけた。

「傷のほうは大丈夫ですか？」

定次は官兵衛の心配をした。

「浅傷だ。気にするほどのことではない」

「明日戻るが、おれは直吉の母親のことがあるので、おまえたちは先に帰ってよい」

兼四郎がいうと、官兵衛がすぐに顔を向けてきた。

「なにを水臭いことを。おれも付き合ってやるさ。もし、直吉の母親が三浦屋にいなかったら、また一手間かかるではないか」

官兵衛がそういえば、定次も付き合うという。

八

翌朝、兼四郎は早めに床を抜けると、手早く着替えをして客間を出た。直吉はよほど疲れがたまっていたのか、まだ寝息を立てていた。

帳場の前で番頭に会ったので、三浦屋のことを訊ねると、

「あの店は飯盛り宿ですよ」

と、教えてくれた。やはりそうだったかと、兼四郎は思った。

「主はどんな男だね？」

「男ではなく女です。お常さんといいましてなかなかのやり手です。亭主が死んで跡を継いでおられるんです。なにか三浦屋にご用で？」

「相談したいことがあるのだ。そのお常はものわかりのいい女だろうか？」

「ものわかりはいいと思いますが気の強い人です」

兼四郎はそのまま山吹屋を出た。朝靄の漂う通りは閑散としていたが、それでも千住大橋のほうに向から早立ちの旅人の姿があった。近くの旅籠から出てくる泊まり客もある。

兼四郎は三浦屋を訪ねると、戸口にあらわれた番頭に、昨日会ったおはまという女中のことを聞いた。

「おはまでしたら、まだ来ておりません。昼過ぎには来ますが……。おはまをご所望でしょうか？」

番頭は遊客と勘違いしているらしく、手をこすり合わせてへつらう笑みを浮かべる。

「そうではない。聞くがここにお半という女がいるはずだ」

「お半でしたら、そろそろ体が空くはずです」

番頭はあくまでも兼四郎を遊客と思っているらしい。

「そのお半は杉戸宿のほうから来た女ではないか。倉松村の女で、名はおえいというはずだ」

番頭の顔から笑みが消えた。どうやら図星だったようだ。

「なんとしてでも会って話をしたい。おえいの倅は直吉というが、おれは直吉の知り合いの八雲兼四郎と申す。おぬしで話がわからぬなら、女主のお常と話をさせてくれぬか。大事な用があるのだ」

兼四郎の真剣な目つきに気圧されたのか、番頭は少し待ってくれといって帳場の奥に消えた。それからすぐに初老の女があらわれた。

「この宿の主の常と申しますが、お半にどんなご用でしょうか？」

お常は猜疑心の勝った目で兼四郎を窺い見てくる。

「お半、いやおえいを、わけあって連れに来たのだ。この店をやめさせるわけにはいかないというなら、考えなければならぬ」

兼四郎が少し脅しを利かせていうと、

「なにやら込み入ったお話のようですね。ここは出入りの客がいますので、どうぞおあがりになってくださいまし」

と、お常は帳場横の小座敷に案内した。

兼四郎はお常と向かい合って座ると、直吉から聞いた事情を詳しく話した。大工をやっているおえいの亭主が屋根から落ちて手足を折り動けなくなっていること、その世話を親戚がやっていること、そして直吉が江戸にはたらきに出たおえいを連れ戻しに来たことなどだ。

お常は茶も出さずに黙って聞いていた。

「直吉は十歳だが、なかなかのしっかり者だ。父親の世話を親戚にまかせているわけにはいかないから、旅をして江戸までやってきた。されど、はたらいているはずの料理屋にはいなかった。さいわいその料理屋の主が親切で、帰りの路銀を持たせてこの宿場の近くまで送ってくれたそうなのだ。そこで直吉はこの店に入る、母親の姿を見た。後ろ姿だけだったらしいが、自分の母親を見間違うことはないという。おえいがなぜここではたらくようになったかそれはわからぬが、さようなわけがあるので会わせてもらいたい。おえいはいるな」

兼四郎は話し終えると、まっすぐお常を見つめた。どんな返事をするかわからない。もし、おえいが借金をしているなら面倒なことになる。

「そんなことでございましたか……」

　お常はしばらく思案をし、兼四郎に顔を向け直し黙って見つめてくる。

「もしおえいが借金をしているなら、おれが立て替えてもよい。持ち合わせの金で足りるかどうかわからぬが……」

　兼四郎がそういうと、お常はふっと口の端に笑みを浮かべた。

「八雲様とおっしゃいましたね。ここはたしかに飯盛りを置いている宿でございます。ですが、岡場所の女郎屋ではありません。上前は取りますが、飯盛りを承知ではたらくという女が来れば断りはしません。おえいもそんな女でした。それにここに来てさほど間もありません。事情はわかりました。昨日は客を取っていましたが、そろそろあがってくるはずです。話をして連れて行ってくださいまし」

　兼四郎は目をみはり、ほっと安堵の息をついた。強情なら厄介だと思っていたが、ものわかりのよい女でよかった。

　そのお常に茶をもてなされて、短い世間話をしていると、ひとりの女中がやってきた。お常がその女を見て、

「これが、お半という名ではたらいているおえいですよ」

　と、兼四郎に紹介した。

小柄で浅黒い顔をしているが、目鼻立ちは整っている。三十路前なので肌には張りがあった。おそらくはたらきつづければ、人気の飯盛りになるだろう。

「なにかご用ですか？」

おえいは目をしばたたき、番頭にいわれてきたのだといい、お常と兼四郎を見た。

「おえい、おれは八雲という者だが、些細なことからおまえの倅・直吉と友達になってな。おまえを捜していたのだ。じつはおまえの亭主が屋根から落ちて足と腕を折ったそうなのだ。それで直吉がおまえを連れに江戸に来ている」

「え、直吉が？　それに亭主が怪我をしているというのは……」

おえいは目をまるくして驚き顔をした。

「亭主の面倒は親戚の者が見てくれているらしい。とにかく、おまえのことはお常と話をしてわかってもらった。詳しいことは後で話す。直吉はこの近くにある山吹屋にいるので、支度を終えたら来てくれぬか」

「あ、はい」

おえいは話を呑み込めない顔をしていたが、

「お常、恩に着る。さようなことなので頼んだ」

兼四郎はそういって腰をあげた。

山吹屋に戻ると、直吉はもう起きており、官兵衛と定次といっしょに茶を飲んでいた。

「直吉、おまえのおっかさんのことがわかった。もうすぐここにやってくる」

「え、ほんとうですか」

直吉は嬉々と目を光らせた。

「ああ、おまえは見間違えたのではなかった。おっかさんはやはり三浦屋ではたらいていた。おまえがおっかさんを捜しに来たと知り、大いに驚いていた」

「直吉、よかったな。やっと会えるではないか」

官兵衛が細い目をさらに細めていう。

そこへ宿の女中が朝餉の支度ができたと告げに来たが、兼四郎は後まわしにしてくれと頼んだ。それからいくらもたたないうちに、おえいが兼四郎たちのいる客間に姿をあらわした。すでに旅装束で、振分荷物と風呂敷包みを持っていた。

「直吉……」

「おっかさん」

直吉は立ちあがっておえいの腕をつかみ、

「おいら、ずっと捜していたんだよ。深川というところへ行って料理屋で世話になって、そして、このお侍のおじさんたちにも世話になって……なんで、ここの旅籠ではたらいていたんだよ。おいら気づかなかったらそのまま家に戻っていたんだよ」

「ごめんよ。おっかさんにもいろいろわけがあるんだよ。それよりおとっつぁんが怪我をしたってほんとうかい」

「大怪我だよ。おしげ叔母さんが世話をしてくれてんだ。それで、おとっつぁんがおっかさんを連れ戻しにいってくれとおいらに頼んだんだ」

「おまえ、ほんとうにひとりで来たのかい？」

「そうだよ」

「まあ、まあ」

おえいは感心するやら驚くやらである。

「座って話したらどうだ」

兼四郎が口を挟むと、おえいはその場に腰をおろして両手をついた。

「いえ、亭主が怪我をしているなら早く帰ってやらなきゃなりません。なにもお礼できませんが、八雲様、みなさま、直吉がお世話になったようでありがとうございます」

「礼をいわれるほどのことはしておらぬ。これからすぐ出立するのか？」

「亭主が怪我をしているなら、一刻も早く帰ってやらなければなりません」

飯盛り宿ではたらいていたくせに、おえいは殊勝なことをいう。もっとも暮しに窮(きゅう)して江戸に出てきたのだろうから、咎めることはできない。

「それなら表まで送ってやろう」

官兵衛が腰をあげてみんなを促した。

旅籠の表に出ると、人通りが増えていた。それに空は真っ青に晴れている。

「杉戸宿までいかほどあるのだ？」

兼四郎はおえいと直吉を見て聞いた。

「十里ほどでしょうか……」

おえいは菅笠を被って紐を結んだ。

「すると、どこかで一泊しなければならぬということか。直吉は野宿をして江戸に来たようだが、そんな不憫(ふびん)をさせてはならぬぞ」

「ま、野宿をして……」

おえいは驚いたように直吉を見た。

「とにかく気をつけて帰ることだ」

兼四郎は一歩近づくと、懐から財布を取り出して、おえいに心付けをわたした。

「こんなことは……」

おえいは遠慮しながらも受け取る。

「旅の足しにすればよい。とにかく気をつけて帰れ」

兼四郎はそういって直吉を見、「達者でな」といった。

「それじゃここで失礼いたします。ほんとうにお世話になりました」

おえいは深々と頭を下げると、そのまま直吉を促して千住大橋のほうへ歩き去った。

「いい母親ではないか」

官兵衛が見送りながらつぶやく。

「飯盛り宿ではたらいていたのは、よほど暮らしがきつかったんでしょう。直吉はそのことを知らないんでしょうね」

定次が心配そうな顔でいう。そのとき、おえいといっしょに歩いていた直吉がはたと立ち止まると、駆け戻ってきた。

兼四郎はどうしたんだろうと思い、直吉を待った。駆け戻ってきた直吉は、はあはあと息を弾ませ、唾を吞んで、きらきらと澄んだ瞳で兼四郎を見た。

「八雲のおじさん、ありがとうございます。おっかさんに会えたのは、おじさんのおかげです」

直吉はぺこりと頭を下げた。

「なんだ、わざわざそんなことをいいに来たのか」

「お風呂に入って背中を洗ってくれましたね。おいら嬉しかったです。八雲のおじさん、いつまでもお達者で。そして、おじさんたちもお達者で……」

直吉は官兵衛と定次にも挨拶をした。

「おまえもな」

「はい。それじゃ」

直吉はまた母親のもとに駆け戻っていった。

「いい子じゃねえか。ほんとうにいい子じゃねえか。なあ兄貴、定次よ」

官兵衛が感心顔で直吉を見送りながら涙声を漏らした。兼四郎が顔を向けると、

「おれは子供に弱いんだ。いい子だ、いい子だ」

と、官兵衛は手の甲でゴシゴシと目をこする。兼四郎も胸を熱くしていたが、定次も涙目になっていた。

「おいおい、二人ともどうした。さあ、飯を食っておれたちも帰ろうではないか」

直吉親子の姿が見えなくなると、兼四郎たちは旅籠に戻った。

九

五日後――。

〝屛風坂の権兵衛〟を頭とする盗賊一味の一件を片づけた兼四郎は、普段の暮らしに戻っていた。

ときどき直吉のことを思い出すこともあるが、運良く母親と会うことができたのはなによりだった。いま頃は母親のおえいといっしょに父親の面倒を見ているだろうと、勝手に推量しては、直吉一家の幸せを願わずにはいられない。

兼四郎はいつものように自分の店の前の床几に腰掛けて、のんびり煙管を吹かしていた。まだ開店には早い八つ(午後二時)過ぎだった。

（それにしても……）

と、内心でつぶやくのは、直吉の母・おえいが、飯盛り宿ではたらいていたことだ。兼四郎は、なぜ深川の池田屋に行かずに、下宿の三浦屋ではたらいたのかと、そのことを問わなかった。

そのわけを聞く暇もなかったのだが、官兵衛と定次とそのことを下宿からの帰り道で話し合った。

官兵衛は料理屋より飯盛り宿のほうが実入りがよいと考えたんだろうと、あっさり答えた。定次は江戸に出稼ぎに出るぐらいだから、よほど暮らしがきつかったのではないか、そのために手っ取り早く稼げる道を選んだのだろうといった。

どちらもあたっているかもしれないが、亭主と子供を持ちながら身を売って稼ぐ道を選ばなければならない女は、おえいにかぎったことではないはずだ。恵まれた境遇にある者はよいが、世の中の底辺で苦しみ喘ぎながら生きている者は少なくない。

おそらく直吉一家は後者のほうであろうが、たとえ貧しく苦しくても直吉には人の道を外れた生き方はしないでほしい。いまはそう願うだけである。

「さて、漬物樽でも見ておくか」

そう独りごちて立ちあがったとき、定次があらわれた。

「いま戻ってきたのか？」

定次が町奉行所に呼ばれたのを知っていたので、兼四郎はそう聞いたのだ。

「へえ、ようやく裁きが終わりました。うちの旦那もこれで少しは肩の荷が下りたといっております」

「ま、入れ。ゆっくり話を聞こう」

兼四郎は定次を店のなかにいざない、茶を淹れてやった。

「あっしも升屋の旦那もお白洲の上で調べを受けましたが、お奉行はあっしらの話を黙ってお聞きになるだけで、とくに詮索はされませんでした。二人の浪人が助をしてくれたと、あっしはいいましたが、それについても問われませんで……」

定次は茶に口をつけてつづける。

「お奉行は賊らのいいわけ一切を撥ねつけられ、にべもなく賊らの罪を断じられました。権兵衛以下、市中引き廻しのうえ打首獄門です。一切の目こぼしなしです」

「当然であろう」

「それに権兵衛らがつぎに押し入ろうと企んでいたのが、紀伊家抱屋敷だとお知りになると、烈火の如くお叱りになりまして、あのときはあっしもびっくりしました」

「お奉行は温厚な方だと聞いていたが、お怒りはもっともだろう」

賊らを裁いた北町奉行は、初鹿野河内守信興であった。

「それから作蔵が盗んだ金は、やつの隠れ家の床下にまだ八十両ほど残っていたそうで、それは升屋に返されました」

「盗まれたのは八百両だったが、少しは返ってきたわけか」

「旦那は殺された奉公人たちの供養に使うとおっしゃっています」

「いかにも升屋らしいはからいだな」

「まあ、ざっとそんなことですが、もうひとつ旦那に伝えなきゃならないことがあります」

そういった定次はにわかに顔を曇らせた。

「なんだ」

「官兵衛さんです。じつは左腕を斬られたときの傷が悪くなり、ひょっとすると肘から先を切り落とさなきゃならないとか……」

「じつはこっちに来るときに、偶然百合さんに会いましてそういわれたんです」

「なに、それは……」

「官兵衛はどうしているんだ？」

「床に臥しているそうです」

兼四郎は宙の一点を見て考えると、おもむろに前垂れを外して立ちあがった。

「定次、これから様子を見に行こう。やつが怪我をしたのはおれのせいでもある。腕を切り落とされそうだと聞いてはじっとはしておれぬ」

「あっしも気になってしょうがないんです」

兼四郎は店を閉めると、そのまま定次と連れだって官兵衛の家へ急いだ。

賑やかな麴町の通りには楽しげな笑い声や、商家の客引きの声、そして振り売りの声があった。

初秋の風は気持ちよいが、兼四郎は思い詰めた顔で歩きつづけた。定次も官兵衛のことが気になっているらしく、一言も口を利かなかった。

十

「ごめん、八雲兼四郎だ」

官兵衛の家（じつは百合の家だが）の戸口で声をかけると、すぐに足音がして百合が戸を引き開けた。

「あ、八雲さん……」

百合はそういってから定次にも気づいた。

「官兵衛の傷が悪いと聞いたのだが……」

兼四郎は居間のほうに目を向けた。

「さっき、医者が帰ったばかりです。どうぞお入りください」

兼四郎と定次は、そのまま居間にあがった。窓際に座っていた官兵衛が二人を見て苦笑いをし、

「なんだい揃って……」

と、いつになく力ない声でいう。

「腕を切り落とさなければならぬと聞いたが、まことか？」

兼四郎は真剣な眼差しを官兵衛に向ける。

「ああ、すんでのところでそうなりそうだった」

官兵衛はまっさらな晒で巻いてある自分の左腕を見て、言葉をついだ。

「運がよかった。腕は落とさずにすみそうだ」

「そうか、それはよかった」

兼四郎は少し安堵した。

「だけどよ……」

官兵衛は暗い顔をする。

「なんだ?」

「もうこの腕は使えなくなるかもしれぬ。医者がそういうんだ。おれにはわからぬが、筋が切れているらしい」

官兵衛は普段の砕けたものいいをせず、あらたまった口を利く。

「どういうことだ?」

兼四郎は官兵衛の顔と彼の左腕を交互に眺めた。

「それはおれにもわからぬ。だが、医者がそういうんだ。刀は使えなくなるだろう」

いつもの官兵衛らしくなく、力なくうなだれる。兼四郎がいってやる言葉を見つけられずにいると、官兵衛がゆっくり顔をあげて見つめてきた。

「すまぬが、もういっしょに仕事はできぬだろう。ここのところ、ずっとそのことを考えていたんだ。おそらく無理であろう」

「……そうか」

「二人が来てくれたからいうが、これまでのこと礼を申す。兄貴と知り合えておれは嬉しかった。定次、おまえもいいやつでほんとうに助けられた。ありがとうよ」

官兵衛の細い目が潤んでいた。

「おれは兄貴のことを、ほんとうの兄弟だと思っていた。あんたに会えてよかった。長いようで短い付き合いだったが、おれは幸せだった。定次、おまえのことも、おれは身内だと思っていた。されど、こんな体になってしまっては、十全なはたらきはできぬ。そのことわかってくれぬか。勝手ないい分で申しわけないが許してくれ」

官兵衛はそういうと、がっくり頭を下げた。その膝許にぽとりと涙が落ちた。

「官兵衛、謝ることはない。謝らなければならぬのはおれのほうだ。おまえを引き込んだのはおれだ。こうなったのもおれの責任である。おまえがそこまで考えて気持ちを決めたのなら、おれはなにもいえぬ。礼を申す」

「兄貴……あんたは、ずっとおれの兄貴だ。そうだな……」

官兵衛は泣いていた。溢れる涙をぬぐおうともせず、兼四郎をまっすぐ見つめる。

「ああ、おまえはおれの兄弟だ」

「ありがとう。ありがとうよ……」

官兵衛は兼四郎の手を右手でつかんで、何度も頭を下げ、

「すまぬ、みっともないところを見せてしまい」

と、着物の袖で涙をぬぐって笑った。兼四郎の隣に座っている定次が肩をふるわせて泣いていた。居間の隅に控えていた百合も泣いていた。

「それで、この先どうするのだ？」

「おれがはたらけなくても、百合が面倒を見てくれるという。そうはいってもおれもなにか考えなければならぬが、しばらくは百合に甘えることになる」

兼四郎が百合を見ると、そういうことなのですという顔でうなずいた。

しばらく重苦しい沈黙が漂った。

兼四郎はその沈黙を破って聞いた。

「しばらくはここにいるのだな？」

「そのつもりだ」

「では、また会えるな」

「そうだな」

「では、また会いに来る。よいか？」

「もちろんだ。傷が癒えたら酒でも飲もう。定次、おまえも来てくれるか？」

「へえ、喜んでお邪魔させていただきます」

定次は目をこすりながら答えた。

「では、また来よう。邪魔をした。あ、賊がどうなったか話したほうがよいな、定次」

兼四郎がそういうと、

「もういいさ。どうせやつらは助からぬ身の上だ。聞くまでもなかろう」

と、官兵衛は断った。

兼四郎と定次はそのまま、また見舞いに来るといって百合の家を出た。

十一

兼四郎は定次といっしょに来た道を引き返した。

二人とも黙り込んだまま歩きつづけた。兼四郎は官兵衛の向後のことも考えたが、自分のことも考えていた。

兼四郎が口を開いたのは四谷御門を抜け、麹町の通りに入ってからだった。

「やめるか」

「えっ……」

定次が驚き顔をして立ち止まった。

「もしや、〝浪人奉行〟をやめるということですか?」

「そうではない。隆観和尚にも升屋にも世話になっている。あの仕事はすぐにはやめられぬだろうし、そのつもりもない」

「では、なにを?」

「店だ。贔屓の客はついているし、店は店で面白いが、やはりおれには似合わぬ仕事だ。升屋から〝仕事〟を請け負っていることを隠しながら客と向き合うのにも疲れてきた」

「それじゃ店を閉めるのですか?」

「そうしようと決めた。すぐにというわけにはいかぬだろうが……」

「ま、それは旦那におまかせいたしますが、これからの〝仕事〟は旦那と二人だけということになりますね」

「肚を括ってやるしかなかろうが、まあなにか考えよう」

そうはいったが、いまはなにも考えられなかった。

兼四郎は升屋の近くで定次と別れ、店に向かった。歩きながらいつ店を閉めようか、客になんと説明しようかと考えた。

「八雲さん」

ふいの声をかけられたのは、自分の店に通じる路地に入る手前だった。振り返ると、波川十蔵が笑みを浮かべて立っていた。

「なんだ十蔵か。誰かと思ったではないか」

「なにやら考えごとをなさっていたようですね。驚かせて申しわけありません」

「気にすることはない。今日は買い物にでも来たのか？」

兼四郎は十蔵が手に提げている風呂敷包みを見ていった。

「雪駄を買いに来たのです」

「気に入ったものがあったか？」

「安物ですがよい物を手に入れました。それより、わたしは橘様の屋敷をやめました」

「やめた。すると剣術指南もやめたということであるか？」

「しばらくのんびりしようと思っていますが、なにか仕事を見つけなければなりません」

その言葉に兼四郎は、きらっと目を輝かせた。

官兵衛の代わりがここにいると思ったのだ。

「十蔵、話がある」

「なんでございましょう？」

「まあよい。ついて来い。詳しい話をする」

さっきまで気持ちが塞いでいたが、急に気が楽になった。そんな兼四郎は、新しい仲間を得たと思っていた。十蔵なら文句がない。

「あ、店ではまずいな。話のできる静かなところへまいろう」

「八雲さん、いったいどうしたんです？」

「まあ黙ってついてこい」

兼四郎はずんずんと足を進めた。やがて平川天満宮（ひらかわてんまんぐう）にある大きな銀杏（いちょう）が見えてきた。

あそこでよい、あの境内なら人の目や耳を気にせずにすむ。

境内にある大銀杏の先に、日の暮れ前の青い空が広がっていた。

この作品は双葉文庫のために書き下ろされました。

双葉文庫

い-40-55

浪人奉行（ろうにんぶぎょう）
十三ノ巻（じゅうさんのかん）

2022年8月7日　第1刷発行

【著者】
稲葉稔（いなばみのる）

【発行者】
箕浦克史
【発行所】
株式会社双葉社
〒162-8540 東京都新宿区東五軒町3番28号
［電話］03-5261-4818（営業部）　03-5261-4833（編集部）
www.futabasha.co.jp（双葉社の書籍・コミックが買えます）
【印刷所】
中央精版印刷株式会社
【製本所】
中央精版印刷株式会社

【フォーマット・デザイン】
日下潤一

ISBN978-4-575-67124-7 C0193
Printed in Japan